Cool memories II
1987-1990

棱镜精装人文译丛
主编 张一兵 周宪

冷记忆 1987-1990
Cool memories II : 1987-1990

(法)让·波德里亚 著 张新木 王晶 译

Jean Baudrillard

南京大学出版社

图书在版编目(CIP)数据

冷记忆.1987~1990/(法)波德里亚(Baudrillard,J.)著;张新木,王晶译.—南京:南京大学出版社,2013.1(2022.5重印)
(棱镜精装人文译丛)
ISBN 978-7-305-10392-6

Ⅰ.①冷… Ⅱ.①波… ②张… ③王… Ⅲ.①随笔-作品集-法国-现代 Ⅳ.①I565.65

中国版本图书馆CIP数据核字(2012)第190593号

Cool memories Ⅱ
de Jean Baudrillard
Copyright © Editions Galilée 1990
Simplified Chinese edition copyright © 2007 Nanjing University Press
All rights reserved

江苏省版权局著作权合同登记　图字:10-2007-077号

出版发行	南京大学出版社
社　　址	南京市汉口路22号　邮编　210093
网　　址	http://www.NjupCo.com
出 版 人	金鑫荣
丛 书 名	棱镜精装人文译丛
书　　名	**冷记忆:1987—1990**
作　　者	(法)让·波德里亚
译　　者	张新木　王晶
责任编辑	陈蕴敏　沈卫娟
照　　排	南京紫藤制版印务中心
印　　刷	江苏凤凰通达印刷有限公司
开　　本	787×960　1/32　印张5.375　字数69千
版　　次	2013年1月第1版　2022年5月第4次印刷
ISBN	978-7-305-10392-6
定　　价	50.00元
发行热线	025-83594756
电子邮箱	Press@NjupCo.com
	Sales@NjupCo.com(市场部)

* 版权所有,侵权必究
* 凡购买南大版图书,如有印装质量问题,请与所购
　图书销售部门联系调换

Each of them was born

None of them were killed

Everybody will be dead[①]

[①] 原文为英文,意为"他们中每个人都出生了/他们中没有人曾被杀害/每个人都将走向死亡"。(本书所有注释皆为译注。)

一个大陆，由于其质量的庞大，使光线偏向，因此不能看到自身；使动力线偏向，因此不能遇见自身；使概念的光芒偏向，因此无法设想自身。

这样一个精神物体无疑是存在的，但它从不在我们面前出现，若出现，那是为了识别它在现实中孕育的微妙扭曲。

只有通过纯粹的类比，我们才能预感到它；只有通过纯粹的预测，我们才能依靠它。而今存在的只有紧闭的双眼，通过视网膜或者眼皮见到的只有麦角酸①式的幻觉。但只需要稍稍注视这个物体，就能促使它发出额外的光芒。

这是绿光②的玄学：在白昼与黑夜之间，任何球体都可以归结为赤道上的一个点。

这是思想的绝对地平线。

所有境况都从一个物体、一个片段、一个现时的顽念中得到启发，却从来不从一个思想中获得灵感。各种思想来自四面八方，但它们被组织在客观的惊奇、物质的偏差或某个细节的周围。分析如同魔术，在无穷小的能量上耍把戏。

对于我，一个人工智慧的灵长类动物，屏幕还

---

① 麦角酸，一种毒品，服用后会出现瞳孔扩大、视力模糊或产生错觉（常看到鲜明的色彩移动）等症状。
② 绿光（Rayon Vert），一种特殊的光学现象。在日落之后和日出之前，有时在太阳上缘能看到绿色的闪光，通常只能维持1至2秒。这一现象也见于月亮和明亮的行星，如木星和金星等。

是屏幕。在电脑屏幕前,我搜寻着电影,找到的却只有字幕。荧屏上的文本既不是文本,也不是图像——而是一个过渡性的物体(视频就是一个过渡图像),只有将它从一个屏幕折射到另一个屏幕,变成互不连接的纯粹光谱信号时,才具有意义。

在思考邪恶问题时,最难办的就是将其从任何不幸和犯罪感的概念中清除出去。

是否应该真的强迫自己去思考?有时会觉得,另外一种经历,即思考和写作动力逐渐衰退的经历,或许会更加清新,更加奇妙。那么这种习惯的改变究竟能到什么地步?

任何宿命都位于相互无关紧要的进程的交汇处,因而相遇(包括爱情缘分)的概率微乎其微。但这种最小的概率也夹带着一种预料,以神奇的速度增加着相遇的机会。宿命就像一个镜子游戏,自我安置在这种微弱概率和这个绝对预感的交汇处。

要为理论的曲解或误会辩护是没有希望的,就像这个黄油面包片的故事。萨拉来见犹太教主持,对他说:"啊,真是一个奇迹!今天早上,我的面包片掉在地上,可涂有黄油的一面并没有朝下!"主教回答道:"我的小萨拉,那是你涂错了面。"①

我的诊断是不可知的

我像一个嗜碱性细胞,脱去颗粒(dégranule)

我像水那样保留着你的记忆,那是在人类遗传

---

① 此故事出自一则关于犹太教主持的幽默笑话,原文大意如下。小女孩萨拉有早餐吃面包片的习惯,每次不小心面包掉地的时候,都是涂有果酱的一面朝地。有一天,面包片掉地时却是另一面朝地。于是她问主持是不是上帝显灵,可主持回答说:"那是你涂错了面。"言下之意是并非上帝显灵。

研究所(Igh)中,当溶液被稀释到 120 状态时,其最后一个分子的记忆①

我就是最后这个分子

我就是那个着了魔的嗜碱性细胞,脱去颗粒

我就是保留你记忆的那种水

在与男人分离后,一个女人怎样重新变得让男人垂涎欲滴?这还是个谜。除非有一种使分离永恒的欲望。在离开自己身体的时候,有些人会在身体前面看到一种回溯性的耀眼景致。

灯塔的亮光下,一群熙熙攘攘的身影,人头攒

---

① 1988 年 6 月,著名的英国《自然》杂志曾发表法国科学家本维尼斯特(Jacques Benveniste)的发现:在把 Ige 抗体的溶液稀释 10 的几十到上百次方倍之后(理论上已经与纯水没什么两样),抗体的活性却依然保留。换句话讲,水保留着曾与之接触物质的特性。这种理论又被称为"水记忆假说"。作者在这里借用了水记忆的现象,但与生物学实验本身可能有误差:Igh 是人类遗传研究所,而 Ige 是一种抗体,似乎是搞混了,但也可能是故意为之。

动，笼罩在海洋上升起的雾气中，这是一些虚假的躯体和面孔。男人们蜷缩在远离炎热的地方，在夜幕降临时又重新露面，坐在一串串被割了喉的鸡、冒着烟的内脏和木炭火堆的周围。两个女人在沙丘上跳着肚皮舞，召唤人们走向死亡的循环。没有人工照明，只有沉默的骚动。脸庞、眼睛、衣服、牲畜、卡在喉部的语言、发自内腔的痛苦，还有瘟疫的大杂烩。所有的一切，即便是女人的绰影、窃窃的私语、有海水味的亚麻布帘或欢声笑语，一切都拥有潜在的暴力，听从着某种原始的指令。这是穆斯林家室和奥斯曼后宫的那种命令。

从森林那边突然飘来阵阵浓雾，沿着斜坡穿过一排排旅店，从一个落地窗飘向另一个落地窗。雾气笼罩着家具陈设，在被风吹散之前，在镜子里投下缥缈的白影。

一切让我们焦躁不安。从人类种群的角度来看,我们可能会自责,即相对于我们所做的事情来说,我们的生命是否太长了。

一个杂技团的事故,一位老妪的心肌梗死,一枚爆炸了的火箭,一片掉地的瓦砾,这些都将引起对重大责任的追究。人们或许喜欢真正的罪行,即激情的后果,而不是污染的后果;应当是病痛的结果,而不是预防的结果,也不是意识发育不全的人模拟手淫的结果。

烦恼就是这样运作的,如同一个缠人的寄生物,干扰着将我们与生活连接起来的大脑电话线。就像是某样东西,它在生命的某个角落不停地死去。就像布扎蒂①作品里的那个男子:他晚上回家,在过道里不小心踩死一只蟑螂。于是他彻夜不能入睡,妻子高声胡语,公鸡半夜打鸣,小狗狂躁不安。他爬起来,在过道里踢倒,正好压在蟑螂上面,那蟑螂还在垂死挣扎。这一次,他把蟑螂给彻底压死了。于是,屋里平静下来,妻子重新熟睡,小狗停止狂吠,一切恢复了平静。

随着命运在复杂技术中的逐步外化,冷漠也随之增长。

所有基因和医学的操作都在试图揭示人体的奥秘,结果却使人们对自己的身体漠不关心。

所有激发思想或激化思想的技术,结果只能让思想对自身不闻不问。

思想连接是一项令人不堪的重负。

---

① 布扎蒂(Dino Buzzati,1906—1972),意大利记者,小说家,"神秘现实主义"的支持者,其中篇小说反映了日常生活中的怪异性。代表作品有《鞑靼人的沙漠》(*Il deserto dei Tartari*)等。

水的记忆与粒子的不可分性,还有关于黑洞的假设(这一切又秘密地相互关联着),这构成近年来科学献给想象力的一份最美的礼物。尽管这种功能几乎永远不可能实现,但从今日起,这个功能却是真真切切的,像是思想的一个暗喻。

古老的城市都有一段历史,美国的城市经历了一种野蛮的扩张,那真是一些没有城建顾虑的城市炸弹。而新兴的城市却没有这些顾虑,它们既梦想拥有那不可能的过去,又向往那不太可能的城市爆炸。

两个对立的人造物。一个是野蛮的,即美国的进程,是价值的变迁和交替;另一个是令人惭愧的,即欧洲的价值重建(文化适应,新城历史化,普遍性定型)。此外,美国或许不能再作为野蛮形式的理想典范,或许它正在堕入提升了的形式?

行动抑或敲诈?投票、请愿、团结、信息、人权,等等,所有这一切,人们以个人勒索或广告讹诈的形式,温柔地对你进行掠夺。

NO NO NO 视频。在空无一人的大厅里,有个人在屏幕上一边跺着脚(循环放演的电视),一边叫着 NO NO NO!这种状态一直持续数个小时,就像一个不愿罢休的小孩,或是一个绝食的人那样喊道:要火腿,没有;要汤勺,没有;要桌子,没有。

大部分时间,人们看不清他的面孔,因为他和所有的否定者、诅咒者、诽谤者一样,永远也挪不开脚步。他时不时地抬起眼,张开嘴,人却一动不动——他会停下来吗?他会虚脱吗?绝不会,他又重新喋喋不休地喊道——NO NO NO NO!

这是对我们所有被压抑的愤怒的神奇否认,产生一种怪诞的视觉。看他一小时是多么轻松啊!应当把他安置到银行、营房和避难所的所有大厅里。

五个监视器上同时播放着普莱西德湖①的冬奥会、撒哈拉沙漠的海市蜃楼、市郊的胡作非为,还有健美运动那迷人的技术。舒适的氛围,柔和的灯光,人们陶醉在无休止的电视光谱营造的甜美温柔中,这温馨的感觉不亚于机场小教堂里两个航班之间的祈祷。

如果说世世代代的农民一辈子劳作不休,那应该给他们算算,他们花费的体力应该折算成多少

---

① 普莱西德湖(Lac Placid,英语为 Lake Placid),位于美国纽约州,第三届(1932)及第十三届(1980)冬奥会在此举办。

休闲。

祖父到去世之时才停止劳动:他是农民。父亲在到年龄前就停止工作:他是公务员,所以提前退休(他患上了致命的疑难症,换来的却是提前退休,或许他命该如此)。我呢,从来就没有开始过工作,原因是我很快落入一种边缘的境地,一种长期休假的状况:我是大学老师。至于孩子们,他们还没有生孩子。这样,这条人生链已经持续到了懒惰的最高阶段。

这种懒惰具有乡村的本性。它建立在论功行赏和"自然"平衡的情感基础上。永远不应该做得太多。这是一条适可而止和尊重的原则,应该尊重劳动和土地的等值回报:农民付出了劳动,而剩下的应该让土地和神灵来奉献——即最主要的东西。这就是尊重非来自劳动之物的原则,永远不能从劳动中得来什么东西。

这条原则会引起对宿命的某种偏爱。懒惰是一种宿命的战略,而宿命是一种懒惰的战略。正是这种偏爱,使我对世界同时抱有极端主义和懒惰的看法。不管事情如何发展,我不会改变这种看法。我讨厌同胞们的积极活动、创新动议、社会责任、雄心壮志和相互竞争。这些都是外生的、城市的、高效的和雄心勃勃的价值。这些都是工业的品质。而懒惰,它是一种自然的力量。

在他们或她们身上,总会发生一些事情。事件、怪事就在他们身上发生,就像瞬间的物质诱惑。只需和她们在城里散散步,就会唤醒各种各样的突发事件。其中不乏淫乱之事,邪门歪道。我呢,压根就没有这种恶魔般的冲动。除了有一次,我与"死亡擦肩而过",在我邻近的周边,似乎没有真正发生过什么事情。命运在哪里前进,哪里就是静悄悄一片。我具有的唯一天赋,就是破坏机器,尤其是电子设备。我拥有一种否定的流体,一种惯性的流体。当然,在这些恶魔般生灵身上发生的事情,大部分都属于接触性歇斯底里的范畴,但说到底,他们身上最终还是发生了某些事。而其他的人只能给环境消毒,只会把事情搞砸,只能够逃避最好的结果或最坏的结果,我认为这很不公平。

我在很长时间内责备自己缺乏影响力,缺乏令人着魔的能力,这是一种虚假的冷漠带来的后果或效应。在命运缺失的情况下,你就只能去嘲笑那些事物——可怜的补偿。自责不断增长直至屈辱的地步,我不得不承认,概念的想象力已经到达无能的最低点,到达遗传性不育症的状况。命运的报复(啊,战略!)。

然后我对自己说,在如此顽固地被人疏远的状态里,总该有点什么精巧之处。某个与冷漠、惯性和麻木相反的妖魔——熵的妖魔——那有气无力的反光,将事物引向最大的概率和绝对的平衡。如果人们遵循这个逻辑,悖论将如沙漠一般蔓延……啊,沙漠,这就是我强烈经历过的东西。那么,剩下的一切都得到证明,因为只需要一个唯一的激情就可以证明一种存在。是的,但这个激情,恰恰就是对空白的激情。

在克拉克①的作品中,有一种关于星星熄灭的出色想法,说一旦将众神名字的整个词形表进行变格②并说出后——after the spelling of the names of God,③星星就将一一熄灭。这种想法与 2001 年后电脑屏幕上呈现的太空旅客的功能一一熄灭同样精彩。这个想法既精彩又具有讽刺味:说纵然众神的数量无限,但他们的名字是有定数的;说人们能够达到命名的极限,这便是宇宙的秘密任务,还说计算机能缩短完成这个任务的期限。

世界末日将和风细雨地到来,这一想法真是令人鼓舞,通过一一熄灭灯火,宇宙已经找到并变格出自己的特别公式。对人类生灵而言,如能够在其

---

① 阿瑟·克拉克(Arthur C. Clarke,1917—2008),英国著名科幻作家,同时也是一位著名的科学家以及国际通讯卫星技术的奠基人。他的作品主要讨论人类在宇宙中的地位问题,其《童年的终结》、《城市和星星》、《2001:太空探险》、《与拉玛相会》及《天堂的喷泉》等作品无不寓意深刻,脍炙人口。

② 变格(décliner),在拉丁语、德语等一些欧洲语言中,名词必须按照其句法功能进行变格,如充当主语的主格,充当宾语的宾格等,不同的格具有不同的词形。这种按句法功能改变名词形态的语法现象就是变格。但在法语中,"décliner"一词也有"倾斜"、"没落"的意思。

③ 英语,意为"在拆拼完上帝的不同名字之后"。

数十亿的虚拟公式中至少变格出若干个公式,并且自己也消隐在对通用变格表的承担中,那就是完美的理想了。

此外,计算机的秘密目标也许就是通过对数据的彻底变格而让世界终结;正如摄影师的目标一样,想通过对图像的无休止的生产,让真实干涸耗尽。**救世主的国际**(Internationale Messianique),同样也打算一个一个地抓取语言中的词汇,从反方向对它们进行变格,直到这个语言最终消失。

清晨的阳光洒在飞机上,洒在里约热内卢的丘陵上。机场里挤满了幽灵和孤魂野鬼。然而仍有一丝微光赋予了这次中转些许魅力。

在这里,布宜诺斯艾利斯①,盛行着法国思想最后的探戈。苟延残喘的法国思想还在这里手舞足蹈,充满色情,野性十足,这是其他纬度的怀旧探戈。它让出口的末日处处开花结果,带着鲜活的和征服世界的能量在他乡蜕变新生。符号的新殖民帝国。

飞机里有苍蝇,这种事并不多见。有种科幻小说的轻度恐慌。我看着它们一小时比一小时地多起来,渐渐充满了机舱,让空间窒息。苍蝇的喧闹呈几何级增长。乘客们最终在疯狂的蝇群围攻下一命呜呼,被吞噬干净。飞机的重量一分钟一分钟地增加,终于坠毁在森林里;而苍蝇呢,多亏它们身躯轻盈,竟能溜之大吉。

---

① 布宜诺斯艾利斯(Buenos Aires),阿根廷的首都及最大城市,享有"南美洲巴黎"的盛名。

斯特罗斯纳港①。旅游的地狱。丛林中的柏油马路,涌向冒牌货的人群。一切都是假货,从照相机到香水乃至毒品无货不假,甚至连广告都警告游客,要当心假冒伪劣商品。然而这丝毫不影响其瀑布的雄伟壮观。

参照过去的耶稣会共和国,今天或许应该建立一个阿根廷精神分析共和国,将**无意识**的王国扩展到巴塔哥尼亚②。将会建造一座小对形客体③的陵

---

① 斯特罗斯纳(Puerto Stroessner),巴拉圭东部城市,上巴拉那省首府,位于巴拉那河右岸,隔河与巴西为邻。该城市取名于巴拉圭前总统斯特罗斯纳,因世界最大的水电站伊泰普水电站的兴建而迅速发展,成为仅次于亚松森的全国第二大城市,旅游业兴旺发达。

② 巴塔哥尼亚(Patagonie),阿根廷和智利境内高原。其自然环境独具特色,矿产资源丰富,具有一定经济基础和巨大发展潜力。

③ "小对形客体"(objet petit a),拉康精神分析理论中的一个术语,有时简写为"objet a"或"petit a"。"objet petit a"这个术语脱胎于弗洛伊德的"object"(客体),不过加上了拉康对"Autre"(他者)的强调。他认为人体呈三圆博罗梅结(Noeud borroméen à 3 ronds)状态:身体由现实、象征和想象相交而成,相交处形成他者享受(JA:现实与想象相交)、阴茎享受(J φ:现实与象征相交)和意义(Sens:象征与想象相交),前六项的交汇处形成小写的"a",即"引起欲望的客体"。也有学者将"objet petit a"译为"对象 a"。见舍马马、范德默施所著的《精神分析学词典》,巴黎拉鲁斯出版社(Chemama, Vandermersch, *Dictionnaire de la Psychanalyse*, Paris:Larousse),1998 年,"拉康"词条。

墓,开设初级过程秘书处,开设二级过程①秘书分处,还有一个自由联合会交易所——但是投机绝对不会到达私通的地步,因为插入是玄学意义上的(德里达②语)。当然,也许会有一些集体游行反对**无意识**(正如今天有人反对国际货币基金组织那样)——《**无意识行不通!**》,但游行的队伍很快就会被驱散,顽抗者将到无意识组织内接受服丧工作③。当社会主义在唯一国家中胜利之后,精神分析专政也将在唯一国家中胜利,否则,无意识终有一天会销声匿迹。

---

① 初级过程(Processus primaire)和二级过程(Processus secondaire),弗洛伊德精神分析学术语,分别为遵循快乐原则的本我和遵循现实原则的自我的心理过程。
② 雅克·德里达(Jacques Derrida,1930—2004),法国著名哲学家,解构主义代表人物。
③ 服丧工作(Travail de Deuil),精神分析学术语,由弗洛伊德在1915年的《服丧与忧郁》(*Deuil et mélancolie*)一文中首次提出,指个体在丧失亲密之物后必须经历的痛苦心理过程。

伊瓜苏瀑布①。那是最原始的瀑布,我们也许永远也不会发现它。今天,只有通过照片和直升机才能靠近它。就连观看它的天桥,看上去都像是拍电影的大吊臂,仿佛是一些光学触角,是正在靠近瀑布的流体混沌和翻腾水雾。瀑布:这个词和现象一样美轮美奂。

水的泻落很不规则。它垂直地组织成连续不断的波浪,宛如涨潮时的波涛,在水平的沙滩上层层叠交。河水形成的瀑布呈抛物线状,恰似某种动物的巨型前胸,如马匹的前胸,在水雾的照耀下斑驳陆离。水要很长时间才能落到底,给人一种幻觉,类似无声电影里的画面,像是大片的水柱攀上了悬崖,而不是俯冲落向深渊。一种无以名状的激动,令整个想象偏离了自然景观的范畴。因此,若

---

① 伊瓜苏瀑布,世界五大瀑布之一,位于南美洲的阿根廷和巴西两国边境。1984年,伊瓜苏瀑布被联合国教科文组织列为世界自然遗产。

从人工的角度将水落运动进行分解,瀑布就像一个慢镜头下的自然灾害。倘若再增加一点想象,它也像一条静止不动的冰川。

在巴塔哥尼亚,有这样一条冰川,日积月累的冰雪形成了一道冰墙,挡住了河水的去路。水位渐渐升高,每隔三四年,冰墙就会在江水的推压下倒塌一次,伴随着雷鸣般的巨响。

　　永远的规则的热情的和讽刺的
　　永远的非规则的冷漠的和贫瘠的
　　冰冷的绿色的当前的和忧郁的

　　折中的偏执狂人
　　法老式的抑郁病人
　　性格障碍的穴居人

堕落的肝炎病人

悲怆的力比多旺盛的人

胡言乱语却又左右开弓的人

软绵绵的突眼病人

反转了脑脊椎的人

再生的四环素式的人①

这种游走式的自我吹嘘空洞无物,却在一个个展览中愈演愈烈,从画展开幕式到成果鉴定会无一例外。其魅力也是如此,在甜美的夜晚,处处可见那千百万张骄傲的面孔,昙花一现的作品,敏感易怒的创作者,胆怯的无主见者。处处都是紧张而狂热的人群,游手好闲的乌合之众,处处都是高档的连篇废话,对死亡的确信无疑。

---

① 这两段文字既无标点,也不符合语法,是一些怪异感受和怪异形象的罗列。

大楼在散架,墙壁一堵堵崩裂,一些居民从窗户和墙缝中冲出来,另一些居民则精心地互相堵死在楼层里。此景犹如解剖的切面,血流如注,着火的墙坍塌在相邻的大楼上。我们在高速公路的另一边,远远地看着这一幕,犹如在观看屏幕上的影像,却无能为力。

在梦和二级过程的狂欢节上,人们谈论的只有液晶平面脑影仪。

文字处理好比写作的人造天堂。计算机好比智慧的人造天堂。迷你电话①则是性欲的人造天

---

① 迷你电话(Minitel),一种视频文字终端机。法国在上世纪80年代中期开发推广了一种信息网络系统,即在电话上连接一台微电脑文字显示器,通过电话线调用各种信息,如新闻、交通、天气、商业行情等。在法语中,用微机的"mini"加上电话的"tel"合成"Minitel"一词。这种信息系统在使用中并未发挥多少作用,并于90年代末被个人计算机和互联网所取代。但当时的法国"交友"服务行业倒是充分使用了这个平台,故作者说"迷你电话是性欲的人造天堂"。

堂。正如照相机镜头可以自动校正景象的凹凸画面一样,从今以后,在有些电脑上,你想犯点拼写错误都不能够了。而在另一些电脑上,甚至连交流一些想法都不可能,因为电脑会自动校正。

关于水记忆的假设,其科学性远不如其诗学性那样令人鼓舞。不过它倒反映了一个事实,即科学事件也可以通过核准和大众认可,像任何体育成绩或大众产品那样被推向前台(本维尼斯特也好,《自然》杂志也好,其煞有介事的核查都是如此)。与实验礼节相关的科学豁免权业已取消。科学已经处于不确定之中,但这也很正常,因为给科学确定原则的正是科学本身。

里根去世了,但他的笑容却依然浮现在空中。肯尼迪去世后很久,他遇刺的情景也同样历历在目。里根的癌症与他的笑容是对等物。因为一个只会微笑的人正好是一个患癌症的主,而一个表现出政治想象力的人将面临杀身之祸。

成为白雪历史学家、冰冻理论家、病毒诠释家、烦恼海洋学家。① 思想成为一种对脑微粒降水量的天气预报:在低压②中心有时有雨,局部有雪。

在日本,没有表示"交际"(communication)之意的词。也没有"普遍性"(universel)这个概念:对日本人而言,普遍性是一个具有西方特征的地方体系。若在日本建立一座普遍性交际纪念馆,那真是一个美妙的悖论,因为在这个国家,普遍和交际这两个词都没有任何意义。

---

① 这里四类专家的研究对象都是双关语:在法语中,"雪"也指"白粉"海洛因,"冰冻"也指人际关系冷漠,"病毒"多指艾滋病毒等,而这些都是现代社会中特有的弊病。
② 法语中"低压"(dépression)也有"忧郁"的意思。作者在这里似用天气来比喻人们的精神"气象"。

今天,选择的"自由"很大程度上由外界来保证。然而在内部,"自由"却搁浅在抗体的自动排异上,搁浅在倒错性酶对意志的干扰上:厌恶——灵魂的拒绝。这无非就是能量的反抗,一种秘密意志的结盟,以对抗所有的选择,反对所有的存在算计。那么,必须依赖于任何一种迷信的决定形式。关于财产转归、选择豁免、从容洒脱之类的伦理,被当作能证明胸襟坦荡的收据,当作医治生存幻觉的灵丹妙药。这是驱排的伦理、异国的伦理、外感的伦理、对抗疗法的伦理、驱邪的伦理,一种建立在对任何异体(而自由在玄学世界里是个异体)进行内在排斥基础上的伦理,建立在厌恶基础之上的伦理——这是生理排异在精神上的对等物。

对忍受痛苦的人来说,应该能够通过从容不迫和心照不宣来回应,要理会他内心的善良初衷与讽刺情趣。而对其他人来说,包括那些关爱他的人,应该平静对待这种苦难。这是一个自然的天平,即公正和非人类的天平。同情应该保持心平如镜的状态。

痛苦,它总是世界对我们的情感冷漠(斯多葛主义的情感)所造成的痛苦。针对这种情感,人们用同情来应对,或者相反,依据这种疼痛的寓言版本,去以痛压痛。讽刺是一种妙语,难免有些恶毒,甚至更加糟糕,但它可以缓释痛苦的现实。笑也一样,不管怎样,笑是一种无情的怪诞,但是笑很宽宏大量,而同情却胆小懦弱。

Stealthy①。合金制成的歼击机和轰炸机,其机身制造是如此地精巧,以至于雷达无法发现它们。隐身的飞机。雷达无法发现它,但它自己也因此不能为自己定位,混淆了自己的飞行坐标(曾经有三

---

① 英语,意为"隐性的",指隐形飞机。

架飞机在试飞中坠毁)。其战略目标是自相矛盾的,因为它虽不可见,却又真实地存在着。它和伪装机正好相反,后者事实上并不存在,却要做得显眼可见,然而隐性飞机却要经常面对伪装机的风险。如果敌方的飞机也同样"隐形",使敌对双方的飞机互相屏蔽,那战争就无法进行。如果战斗机被击毁,想到它的坠落也会神不知鬼不觉,人们倒是可以感到一丝丝慰藉。总之,这是科技的全面胜利。但这也许是一个粗俗的错误——我们知道,在捉迷藏游戏中,永远不要把自己隐藏得过于隐蔽,否则人家就会把你忘记掉。这无疑是人们一反常态,违背隐形武器特性的初衷,仍然向大众展示介绍它的原因所在。

经济领域浮动于两个扭曲的极之间。某个行业永远在入不敷出中运行,赤字总是无情的事实(法国国营铁路公司、蓬皮杜艺术中心、社会保障、冶金行业)。相反在另一个行业,盈利同样也是无情的事实(蓄意收购者、收购出价、形形色色的投机)。没有平衡的规则可言:无论从社会还是经济的角度看,哪一个行业也不比其他行业更具有理性。在一种情况下,事情要比亏损更糟;而在另一种情况下,事情要比盈利更好。这两者之间没有必然的联系,除非可以这么想想,永久的亏损本身也是一种投机形式。"古典"经济学,即用生产、增长、利润及平衡等词语进行推理的经济学,就在这两者之间浮动,像那张驴皮①一样,每天在渐渐缩小。

现在的罢工者都是罢工的用户,他们可以随心所欲地停止罢工,重新开始罢工,就像用遥控器更换电视频道那样;他们可以切断电源,测试一下自

---

① 出自巴尔扎克小说《驴皮记》,该书讲述了贵族出身的青年瓦朗坦破产后投身于社交场所,落得个穷途末路的下场。小说中一位古董商给了瓦朗坦一张神奇的驴皮,说驴皮能实现他任何愿望,但实现一次,驴皮立刻缩小一次,寿命也随之缩短。在如愿以偿成为百万富翁后,他惊恐地发现驴皮缩小了。从此他整天满怀恐惧地注视着那张驴皮,唯恐它继续缩小,因而有福不能享,有心爱的姑娘却不能白头偕老,眼睁睁地看着自己的末日来临。

己在网络中的权力。普通用户只是有气无力地反抗着,玩弄着可变几何的服务,就像罢工者那样,从事着可变几何的劳动。

信仰中有一种轻度疯狂的东西,但是信念是加了倍的信仰,坦率地说,信念是愚蠢至极的东西。信念坚定的人只能将愚蠢之物愚蠢地让给胜利的愚蠢举动。

社会在运转,它不用参照和维系于某个已经失去生气的政治阶级,后者的唯一烦恼就是让自己保持在输液的状态,命系于口对口的人工呼吸。但是这也许正是民主最为精明的地方,在政府停止存在后(最近在意大利,这种状态持续了 63 天),一切都还井然有序。还有什么比这更好呢?政府只需在某一天开始一场无限期的罢工,一切便迎刃而解。不排除有这种解决办法——东欧的政权和政党像是被施过魔法,神奇地消失了,似乎还为自己的消失倍感轻松。而我们的政党正在通过自身没落的自愿表演,为今后自己的消亡准备着公众舆论。

人权是一个可膨胀的结构。革命和对革命的纪念已经变成一些可膨胀的结构。

现如今,政治的整个艺术就是鼓动民众不关心政治。

地震遇难者抢救分队与镇压恐怖主义的特种部队具有完全相同的队员素质,并接受同样的训练。残垣断壁中抢救出来的遇难者和被打死的恐怖分子一样,都被一一计算入册。

一位画家临摹毕加索、马蒂斯①和委拉斯开兹②的某幅作品,并在该作品上签名,这幅作品就不算是赝品,他可以找到一个画廊来展览,可以找到买家。他甚至只需在一幅名画的照片上签名即可。为什么我就不能以自己的名字重印《存在与时间》③或《巴马修道院》④呢?为什么在绘画上可能的事,在文学(音乐?建筑?)领域就不可能呢?

正像科技那单一和恒星式的运动,所有的空想都注定要被实现,这也像**复体**那样,最终都会物质化。**他者**将从影子、灵魂、形象和镜子中分离出来,成为我血肉中的血肉,细胞中的细胞,密码中的密

---

① 马蒂斯(Henri Matisse,1869—1954),法国画家,野兽派代表人物之一。
② 委拉斯开兹(Diego Velásquez,1599—1660),西班牙文艺复兴时期的杰出画家。代表作有《火神的锻铁工场》、《镜前的维纳斯》、《宫娥》等。
③ 《存在与时间》,德国哲学家海德格尔(Martin Heidegger,1889—1976)的代表作。
④ 《巴马修道院》(La Chartreuse de Parme),《红与黑》作者、法国作家司汤达(Stendhal,原名 Henri Beyle,1783—1842)的一部小说。

码。今天组成**他者**的东西,不再是对某种形式的超越,而是某种程式的内在。

他者是使我不进入伪足①状态的人。

言语活动是使我不进入腹语②状态的东西。

糟糕的写作,处于尚未开始就已经结束的边界上,这会引起一种轻微的焦虑,一种结束太快的焦虑,由于急躁而自我毁灭的焦虑。这种焦虑与**他者**的消隐有关,同时也与其参照内容有关。电击效应,后坐力,如同某件武器的功能一样。它与一个正在消失中的事物同时发生。因为我们所写的一切都在消失中——这是写作的唯一必要性。

---

① 伪足:无脊椎动物、原生动物门、肉足纲动物的临时性运动细胞器。当这些动物运动时,其细胞表面能伸出一个或数个长短不一的突起,整个身体可随突起伸出的方向向前移动。伪足无固定的形状、部位和数目,它除有运动功能外,还有帮助摄食等功能。

② 腹语起源于古埃及,距今已有3000多年的历史。中国的史书上,也有腹语表演的记载。腹语表演时,演员一般操纵一具木偶,两者之间依据故事情节展开对话,通过表演先后的时间差,以不同的语音、语调紧凑流畅地表现故事内容。腹语讲话向肚中咽,使声音在腹腔内共振,这样隔着肚皮就可以听到含混不清的话音。

Jenseits des eigenen Schattens. ①

在写作中有一种千禧年的急躁。匆匆地讲述事情,避免占线时间太长,为的是等待意外的电话。快快打发我们要叙述的事情。人们不再有时间进行解释、说服,不再花时间进行预测,最多只是思想的提前,思想的旋转运动,其目标只是催促事情匆忙发展。它所寻觅的永远不是证据,而是一目了然。以牺牲真相为代价,以蔑视现实为代价,使事情一目了然。应该对现实无所顾忌,罪恶般地享受它,直到出现可以言表之词为止。这一切,尽管没有根据,却是不容置疑的事实。当然,如果说有思考的效用,那也有补偿的效用。对每次思考的体验而言,有成千上万的补偿方法。

---

① 德语,意为:"在自己阴影的彼岸。"

我们应该惊讶的是，出轨和暴力事件不是太多，而是太少，一切都运转得如此正常。想想每一个司机所受到的攻击率、器械设备的脆弱和交通的疯狂，如果说每天没有成百上千人的死亡，如果人们的自相残杀只是偶然，如果这十几亿的负面假设只能实现几个的话，这真是一个奇迹。官僚机构的巨大混乱，无数的荒谬决定，世界性的弄虚作假和公民道德的沦丧，看到这些时，我们只能惊叹于这台机器每天的奇迹。不管是否值得，它继续运转着，给轨道里带来无数的废料。除去一些间歇性故障（实际上并不比地震更加频繁），恰似有一只无形的手，在远距离控制着这种混乱，规范着这种混乱。这或许也是同样的奇迹，即每个人天天面对死亡的念头，面对自杀的焦虑，却岿然不倒。

挪动灰尘已经是一种冒险，打搅蜘蛛则冒着更大的风险；而搬弄书本，让这些书永远不再像从前那样无序，坦率地讲会带来许多的不幸。而要按字母顺序排列神经元,重组大脑,这同样不合常理。

现如今,概念居住在受监视的房屋内,处于每个学科的严格控制下,比人更加受到控制。跨学科仅仅扮演了一个国际刑警组织的角色。

在这样一个如此完美的系统中,少吃一顿早餐,也足以酿成突发事情。

格伦·古尔德①:其身体兴奋得不能自控,完全独立于手指对完美技巧的掌握,双手在琴键上任意飞舞,脑袋摇晃,双眼紧闭。从未有过蹩脚的钢琴

---

① 格伦·古尔德(Glenn Gould, 1932—1982),加拿大著名钢琴家。一般认为,古尔德是位任性的艺术家,这是由于他不按常规的选曲与诠释手法,以及他弹奏钢琴时的特殊习性。他害怕面对听众,专注于在录音中表现自己,因此被称为"唱片钢琴家"。他兴奋时会边弹边哼,在唱片中经常会听到这种"杂音",但这没有损害他演奏的光辉。

演出。绝对灵敏的耳朵。

这样想想是非常有趣的,即为纪念仪式而花费的巨大潜力,就足够在其他时代发起一场革命(正如纽约的一次马拉松赛跑,其队伍的庞大就足够打赢一场马拉松战役)。是啊,不妨看看:如果人们已将所有的精力用来从事一次革命,就不会再有足够的精力去纪念另一场革命。再说人的精力是不可转换的。你用来呼吸的能量就不能用来做爱,用来撒谎的能量就不能用来说实话。这是两种不同的能量。它们在同一个人身上或许永远不会交叉。因此,人有时可以既很真诚,又很虚伪。

任何异质能量的异体传输都会表现出严重的混乱(就像在输血时发生的错误一样)。将性能量减刑为精神能量的意愿,将谎言能量减刑为真理能量的意愿,这与将大脑细胞的功能指派给肝细胞一样不合常理。词语有其特有的能量,图像也有其特有的能量。如果你将它们混合,它们就会互相吞噬，两败俱伤。

总而言之，人们不能用纪念某个革命的所有能量来进行这场革命，正如不能用制造选举的能量去制造某个政治事件的影子一样。原因在于选举的能量仅仅是绝望的能量，而绝望的能量，即使无限地翻番，也永远不能转变为一丝希望之光。同样，沉没在军费里的巨额资本永远也不可能转化为其他形式的社会财富。这种能量、开支、浪费和牺牲的相对独立性让我们放心。多亏有了这种独立性，我们才能在失去政治能量的同时不失去生活的能量，才能在失去生活能量的同时不失去死亡的能量，如此等等。

哲学很愿意推迟世界的最后期限，以便能够提出它的问题。但它忘了，世界不是一个问题成堆的天地，而是一个充满答案的天地，都是自动的答案，况且还常常充满了诗意。这是一个对所有可能的问题都提前准备了答案的世界。

哲学非常愿意将世界之谜变成哲学问题,但世界之谜并不给任何一个问题留下一席之地。正是答案的旋转运动让这个世界变得难以看穿。

现代哲学很善于自我安慰,吹嘘自己能够提出许多没有答案的问题,而实际上倒是应该接受这个事实,即这个世界根本就没有问题。在这种情况下,我们得负全部的责任,因为我们就是答案——同时,世界之谜也是全部的,因为答案在那里,因为本来就没有针对该答案的问题。

我们可以设想,当泛美航空公司的波音飞机在苏格兰上空爆炸后,西方人毫不犹豫地断定这是恐怖主义者所为。在善与恶的永恒斗争中,这是一个人们不希望出现的场景。然而在最初的几天,人们感觉到一种举棋不定的态度(这与可疑组织干脆声称对袭击事件负责的态度相反)。难道把事故归咎于飞机的质量就不行吗?这种版本可能会让西方的技术很没面子,但比起承认恐怖活动在破坏各种监控系统方面的无所不能,其危险要小得多。在第一种情况下,西方的弱点仅仅是机械方面的;而在第二种情况下,这是针对尖端成果的象征性袭击,是在无法抓到的敌人面前的一次失败。坚持这是意外事故的假设或许更加明智。但不幸的是,没有人会相信这个假设,因为恐怖主义的假设已经在人们的想象中先入为主了。想象并不理会真正的原因,也不相信技术的故障,能使想象亢奋的,就是连锁反应。例如将在同一时段发生的两件奇特的事件联系起来,即使这两个事件的发生纯属偶然,人们也会想,这两二者之间必定有某种联系——事件之间相互吸引,而这种吸引本身就有恐怖主义的味道。最让思维活跃的,就是事件之间的这种恐怖主义联系,这是象征性的无序,恐怖主义只是这种无序的可见的震中。

弗洛伊德说过,性格是由主体所承担的一系列丧葬事务所造就的。与之相反,施尼茨勒①却认为这是个性效应,是某种性格的所有潜在性在其真实而偶然的生活表现背后闪耀的方式。

虚构?我已经在虚构中。我的人物是几个疯狂的假设,他们让现实遭受暴行,而在完成任务后,我最终会谋杀这些假设的人物。这也是处理思想的唯一方法:谋杀(我们很好地完成了众多概念)——但罪行必须完美无缺。当然,这一切都是想象的,与现实生灵的任何雷同纯属偶然。

遗憾的是,在精神天地里,我们没有像在矿山

---

① 施尼茨勒(Arthur Schnitzler,1862—1931),20世纪影响最大的奥地利剧作家之一。其作品多反映世纪之交的维也纳各种人物形象的内心世界;在艺术上则追求更富有表现力的形式,创造了独幕连续剧(《阿纳托尔》)、场景对话(《轮舞》)等形式。

天地里那样,有石笋和钟乳石①这种诗意般的词语,用来表示一个迎面向上的东西和一个迎面向下的东西,即两个希望相遇却永远不能相遇的事物;它们通过意识形式那漫长的钙化凝固——潜意识的滴落——将我们的大脑构筑成一个建筑迷宫。

不管人们想从事什么,都应该摆脱自己的生活。所有的道路都是可行的:或者是**自己**的发作,或者是**他者**的发作,或者是**善**的加剧,或者是**恶**的加剧。

最强劲的不是处于事件本身之中(政治家做的就是这个事),而是处在事件迫近之时,处于转变之

---

① 石笋和钟乳石在法语中分别为 stalagmite 和 stalactite(原文误拼作 stalagtite),前缀 stala 发音近似于滴水的拟声,mite 与 monter(向上)相近,表明是向上长的,所以是石笋;而 tite 与 tomber(落下)相近,是向下长的,所以是钟乳石。另外,中间的 g 和 c 两个字母表明,后面的辅音字母分别为浊辅音 m 和清辅音 c。所以作者说这两个词充满了诗意。

中,处于提前之中,处于占卜之中。让事件摆脱媒体的流产,摆脱人工繁殖,还事件以盲目的目标。

这位模仿演员,他怎么能在街上的人群中,几个时辰几个时辰地闭着眼睛,表演着一动不动的节目呢?

这位年轻失明的女子,她怎么能在自己套间的深处,在镜子前,在黑暗中独自给自己化妆呢?

媒体让我们与暴力、战争、平庸握手言和。广告这种婚礼式圣事和临终圣油礼[①],使我们与人造的环境相安无事。即使是牲畜,它们也已经嗅出了这种和解气氛,这种窝巢情结。它们以虚拟方式辨认出,人是结束其他物种的最后一个物种。值得庆

---

① 圣油礼,基督教神父专门为重病患者或即将死去的人所做的祈祷仪式。

幸的是,根据施尼茨勒天才般的直觉,人类正在系统地摧毁自己的巢穴。他们自己已经成了病毒,正在破坏自己的栖身之处和保护地。而最大的神秘,也许就是这一点,即人类就是为此而生,这就是他们的归宿。

应该同时进行两种精神分析。最巧妙的就是要有两个无意识和一个精神分析医生(而他自己不再有无意识)。

我们真的有七条命、三个头、一个灵魂、两张脸……而没有语言吗?

她做着非常色情的梦,所以他只能一边看着色情梦,一边在她身旁手淫。

同时具有完全的单纯和傲慢,完全的人造性和彻底的幼稚,这个齐齐奥丽娜①不完全是一个欲望的对象,她超越了任何的性格铁甲(这是赖希②所梦想的),成为欲望愚钝的一种理想形式。欲望最大的化身是成为议会的议员——妙极了!当她在电视上以拉斐尔前派风格出现的时候,似乎是唯一有活力的和唯一自然的人!除去一切的腼腆,抛开一切的粗鄙,鬼魅而甜美的她变得万分迷人。

---

① 齐齐奥丽娜(La Cicciolina,1951—),真名伊洛娜·斯泰勒(Ilona Staller),在意大利语中是"拥抱"的意思。这位著名的艳星从上世纪80年代初投身成人电影界开始,二十多年来一直是一个"现象"级话题人物。作为早年的少年女密探,伊洛娜一直热衷于政治,20世纪70年代末起就成为意大利左翼激进政党的成员,并且很快成为活跃的政界人物,更在1987年代表拉齐奥地区以地区第二高票当选为国会议员。伊洛娜议员在国会中立场激进,衣着大胆,甚至时有袒胸露乳的惊人之举,很快成为意大利国会一景。而在1991年,她干脆组建了一个左翼的政党"爱党"(Partito dell'Amore),投身政局复杂、黑手党势力盘根错节的意大利政坛。伊洛娜的政治观点体系相当完整,属于典型的左翼激进派:她坚决主张反核、反战、反饥饿、反贫穷,呼吁性爱自由,反对死刑和动物实验,反对任何形式的审查机构,主张自由贸易、毒品管制、环境保护及对汽车征收高额附加税等。

② 赖希(W. Reich,1897—1957),奥地利社会心理学家,代表作有《法西斯主义群众心理学》等。

也许是海洋的月经性噪音,或者是月亮那神秘的影响,她每次一回到故乡,就立刻来了例假。

一列现代火车缓缓的水平启动,与飞机起飞的强大冲力完全相反。正如在生活中,仅有一个运动的维度,覆盖着霜雪的铁轨和田野的维度。

讽喻:黑色的裙子,蓝缎的短裤,透明的衬衫和这苗条的身材。头发蓬乱着,或是一种司汤达式的发髻,只需动一个夹子就会立刻松开。整体上应该有一种克里奥尔人[①]的魅力,应该保持贞洁身躯的怀旧性曲线。

---

① 克里奥尔人(Créole),安的列斯群岛等地的白种人后裔。

分形的平凡的宿命的病毒的①

奇怪的是,限定当代极端现象的所有概念形容词都具有非常规的复数形式②:宿命的、分形的、平凡的、病毒的。而古老的价值概念形容词都有着传统的复数形式③,比如:平等的、道德的、最终的、整体的。

说到知识分子的排名榜,毕沃④和列维-斯特劳斯⑤当并列前茅。起初这令人难以理解。然而,从某种程度上说,他们是同一类人。毕沃是视听文化

---

① 这里又是四个形容词(Fractal Banal Fatal Viral)的堆砌,这些词在法语中都是以 a-al 押韵的,有一种特殊的声音效果,似旨在表示一种杂乱模糊的感受。

② 冒号后的四个形容词在单数时都以 al 结尾,根据法语通常规则,变成复数时要改成 aux,而不是加 s。但偏偏这四个形容词变成复数就必须加 s,成为 als 的形式,所以作者称之为非常规的复数形式。

③ 指以下四个形容词的复数形式是去掉 al,加上 aux,即遵循常规的复数形式。

④ 毕沃(Bernard Pivot, 1935—),法国电视文化节目主持人。

⑤ 列维-斯特劳斯(Claude Levi-Strauss, 1908—2009):法国人类学家,20 世纪最伟大的人类学家之一。著作有《野性思维》、《生食和熟食》、《从蜂蜜到烟灰》、《餐桌礼仪的起源》、《裸人》等,后四本书合称为《神话学》。

的萨满教巫师,视听文化从书写文化中汲取食粮。而列维-斯特劳斯则是文字文化的萨满教巫师,他的文字文化却从没有文字的社会中汲取营养。

这是评论、批注、引文、文献参考的霸权。但也是省略、片段、线条、谜、格言的绝对优势。我说得已经太多了。这已经算得上批注了。应该消除所有的元语言,将语言从语言中解救出来,停止这种大出血。

他说,要摧毁,而不要解构。解构是一种脆弱的思想,是建设性结构主义的反注。没有什么比解构更具建设性了:它竭尽全力,让世界重新经过文本的筛选;它反复地思索、注释文本,采用如此多的引号、斜体、括号和词源学,以至于书面上已经没有文本了。仅剩下意义的强迫组织的残余,仅剩下言语活动的强迫文字性的残骸了。解构与精神分析一样,一发而不可收,此外,解构思想和精神分析简直是珠联璧合。解构就取决于差别的顺势疗法,这是一种微小元素的分析法。

笛卡尔自己承认,每天只思考两三分钟。剩余时间,他骑马,生活。而每天思考十四小时的现代思想家们,又是些什么人呢?正如巴特在谈论性的时候所言,在日本,性只表现于性事中,其他任何地方都没有;而在美国,却是哪里都有性,只有性事中没有性。因此,我们也可以对思想做出如下评价:在笛卡尔那里,思想存在于思考中,其他任何地方都没有;而在现代世界中,思想无处不在,就是思想中没有。

同样是那些人,从前对你说,你有权利爱;而今天却对你说,你有权利不被爱。如果人家不爱你,不要有负罪感。苦难的福音与全面的疏远率相关,应该通过某种缺乏的权利来惩戒。或者正好相反，我们面对的是这样一种爱的迸发，最好能不惜一切代价地自我防御。

所谓乌托邦的末日也许是男性乌托邦的结束，从今以后让位于女性的乌托邦。但女性的乌托邦存在吗？幼稚的男人流露出乌托邦思想，而其中一个空想正好是女人。女人作为活着的空想，根本不需要去生产它。同样，她也没有任何理由充当恋物者，因为她自己就是理想的尤物。

任何一个被别人瞧不起的人会自动变得高人一等。偶然形成的男女关系就是这样：被认为低人一等的女人会自动更胜一筹。不可逆推：当女人在男人身上看到一个更高的存在时，她并没有变得比男人低一等，相反，她简单地选择了诱惑的立场。如果男人在女人身上看到一个更高的存在，他也不会变得比女人低一等:他只是选择了欣赏的立场。

老练的女人辩解说,女性这种所谓的优越是一种男性幻觉——而女性的所谓卑微也是男性的幻觉,难道就只有男性的幻觉吗?在这一点上,女性将面临一种风险,即向引诱让步,真的相信自己比男性优越(这不同于真正比男性优越),她会立即变得低于自身的女人性,也就是说实际上和男性平等;男人在这个时候也降低了自身的男性气质,如今的状况就是这样。

政治阶级目前所面临的问题,已经不再是治理问题,而是要建立起权力的幻觉,这要求有非常特殊的才能。生产幻觉般的权力,这好比在玩弄流动的资本,就像在镜子面前跳舞。

如果说不再有权力存在,那是因为整个社会都进入了自愿受奴役的阶段。这一神秘形象,从16世纪起,我们就对它进行研究,现如今已经真相大白,因为它已经成为一个普遍的规则。它以一种奇怪的方式存在着：人们不再甘愿成为别人的奴隶，而是心甘情愿地成为自己意志的奴隶，一个个整日为意愿、权力、知识、行动和成功而奔波，每个人都屈服于这一切，政治的目的彻底得逞了。我们每个人都变成了一个被奴役的系统，自我奴役的系统，因为他将自己的整个自由投进了疯狂的意志中，以便从自身获取最大程度的利益。

于是，权力就不再有什么意义，因为不再需要权力来保持这种神秘的形式，即自愿的奴役。从权力不再是一种转换，不再是受奴役的变异时起，从受奴役在社会上广泛流行时起，权力就只能自行破产，成为一个无用的功能。

横向的疯狂，即我们的疯狂，即基因混乱的疯狂，密码和网络的干扰引起的疯狂，生物和分子畸形引起的疯狂，自闭症的疯狂——与从前"纵向"的疯狂相对，即精神的疯狂，精神分裂者超验的疯狂，异化的疯狂，相异性那无情透明的疯狂。如今，更多的是身份的畸形变体,精神同位(isophrène)的身份,没有影子,没有超验,没有他者,没有形象;自闭症患者的身份,它吞噬了自身的复体,吸收了自身的孪生兄弟(相反,双胎妊娠是一种双人的自闭)。这是身份的疯狂、自我偏执的疯狂、精神同位的疯狂。我们的魔鬼全是偏执性自闭症患者。它们出自虚幻的组合(这是基因决定的),被剥夺了性别和遗传的相异性,患上了遗传性不育症,它们的命运只能是通过淘汰所有的**他者**(科学怪人弗兰肯斯坦[①],当然这里也有种族歧视的问题),为自己重新创造相异性。计算机也是某种自闭和独身的机器——它所忍受和报复的就是一种同义反复,即对自己语言进行野蛮的重复。

到处都是与纵向疯狂相对的横向疯狂。

[①] 弗兰肯斯坦(Frankenstein),即西方文学中的第一部科学幻想小说《科学怪人》中怪人的创造者弗兰肯斯坦博士,作者是玛丽·雪莱(Mary Shelley)。

孪生子先于存在和复体的分离，先于存在及其影子的分离。在《孽扣》①中，那个女人梦想着吞下连着孪生兄弟的脐带，从一个人中拽出同一个人。但是没有人能够从复体中分离出来而避免死亡。那喀索斯②宁肯死去，也不离开自己的影子。双胞胎、乱伦，在某种程度上，还包括同性恋和自恋癖，所有这些问题，比性欲更加深刻有力，这一切除了死亡别无他路。

在谢阁兰③的分离原则和永久不可理解定律之上，应当加上粒子物理的永久不可分割定律。应该

---

① 《孽扣》(*Dead Ringers*)，也译作《死去的孪生子》，加拿大导演大卫·柯南伯格 1988 年的作品。电影叙述了一对变态孪生兄弟，专门合伙引诱女人，进行性游戏，最后因失望而自杀。
② 那喀索斯(Narcisse)，希腊语为 Narkissos，希腊神话中的一位美丽少年。他拒绝了回声女神(Echo)及其他众多仙女的求爱，爱上了自己在水中的影子而不能自拔，死后化作一朵水仙花。
③ 维克多·谢阁兰(Victor Segalen, 1878—1919)，法国作家与诗人。遗作《赞歌》(*Odes*) 发表于 1926 年，法国文评界公认他是当代法国最富于特色和吸引力的诗人之一。曾经来过中国，对我国两汉、萧梁和历代墓葬石雕艺术倍感兴趣。作品有《远古人》、《勒内·莱斯》、《碑》、《天子》等。

将这两个对立定律的同时性设想到底。当你比我分得更远时,当你比我更不可分割时,你就会死去。

照看自己,这是我们时代的喜剧性梦想。
照看他人,这是我们时代的悲剧性梦想。

有些女人假装性高潮,有些男人假装很有思想。相反,有些女人经历了性高潮却浑然不觉,自然也应该有这样一些人,有一个思想时不时地掠过他们的脑海,他们却毫无意识。

沉溺于存在的分层泉水
如那喀索斯俯瞰镇痛泉
　　　他的痛苦
自由,自由,被形式迷惑
无能,无能,意识到无能

如晶体的形状那般客观而平庸

或像一只蝴蝶

没有云彩就没有天空

没有图像就没有电视

没有楼层就没有电梯

没有电梯就没有梦想

没有什么就没有一切

  旅行和存在一样,是一门非形象的艺术。

  旅行存在于头脑中,是对一种空间的复杂仪式的顺从,是对一种存在的彻底简化的效忠。这是在任何休息的离心点登上月球。

旅行是一种变形影像。

从变形影像中,常常会生出一些寓意:智慧、苦恼、美德、少廉无耻、科学、孤独——全是阴性的名词。从旅行的变形影像中还会生出其他的寓意:美洲、欧洲、非洲、澳洲、巴塔哥尼亚——地球的女性形象和寓意形象。①

我走进房间,轻轻地关上门,她没有丝毫察觉(门和房间里的女人都没有察觉)。我感觉我是自己不在场的证人。我离开了房间,没有弄出一点声响。

在神秘主义的眼光中,最微小细节的感悟来自

---

① 这段文字中所列举的名词在法语中全都是阴性名词。

点明直觉的神灵直觉,来自停驻于预感超验的预感。对我们而言正好相反,世界那令人震惊的精确性来自对某种本质的预感,而这个本质又逃避着这种预感,它来自不再停驻于世界的真相,来自对拟像的细腻感知,更确切地说,来自媒体和工业的拟像(杜尚-沃霍尔①和他一系列形象的变形影像,形象那纯粹而空洞的形式,恍惚而无意义的图像等)。

成为陷阱并不见得好玩,人们有时更愿意当猎物,即人们将它当作影子的猎物。人们希望成为结果,即将它当作原因的结果。这是一种转喻法(Métaleptique):是用原因代替结果的借代。I am metaleptic.②这是诡辩的理论,被逮住的现实。

---

① 马塞尔·杜尚(Marcel Duchamp,1887—1968),法国画家。他是现代艺术史中最有影响力同时也最具争议性的传奇人物之一。从印象派到纳比派,从达达到"现成品",他画风多变,创新大胆,在美术与技术、形式与观念方面有诸多作为,被视为后现代主义的鼻祖。作品有《泉》《蒙娜丽莎》等。安迪·沃霍尔(Andy Warhol,1928—1987),美国画家,波普艺术倡导者,以日常物品为表现题材来反映美国的现实生活。

② 英语,意为:"我是转喻的人。"

有一天,我们会发现反抗的基因。甚至会发现反抗基因操纵的基因。这对于反抗本身会有什么改变吗?

有一些政治妙语:霍梅尼①让西方人自行看管人质拉什迪②。有一些自然妙语:灾难在其后果中常常是异乎寻常的,充满精神的。有一些技术妙语:关于艾滋病信息的磁带上感染上了电子病毒。有一些事故妙语:装有 35 吨酸奶的大货车撞翻在

---

① 赛义德·鲁霍拉·霍梅尼(Ayatollah Ruhollah Khomeyni, 1900—1989),伊朗什叶派宗教学者(大阿亚图拉),1979 年伊朗革命的政治和精神领袖。这次革命推翻了伊朗国王穆罕默德·礼萨·巴列维,霍梅尼从此开始担任伊朗的最高精神领袖直到 1989 年去世。他被许多人认为是 20 世纪最有影响力的人之一,1979 年被《时代》杂志评为"年度人物"。
② 萨曼·拉什迪(Salman Rushdie,1947—),英国作家。1987年,他出版了叙述伊斯兰教形成过程的幻想小说《撒旦诗篇》。霍梅尼认为此书亵渎了伊斯兰先知穆罕默德和《古兰经》,故发出追杀令,号召所有穆斯林不管在哪里发现拉什迪都应将他处死。

一个奶制品工厂里。有语言的笑话,事件的笑话,① 不情愿的黑色幽默:无国界医生在贝鲁特的干预,导致多死亡数十人。

当人们离一个灾难越来越远时,也就离下一个灾难越来越近。这就像谢阁兰眼中的旅游:在一个球体上,我们离一个点越远,也就开始离这个点越近。我们只能通过离心性和冷漠性与球体性抗争:雷蒙·鲁塞尔②驾着帆船到了印度,匆匆看了一眼海岸,便掉转船头离开,并没有上岸。但以前新鲜的事,今天却习以为常了。今天,所有人都是离心的,所有人都是冷漠的。即使是日本人,他们对自己照片里的世界也漠不关心。他们仅仅是想抓住世界的形象,而不是世界的亲密感,这是尊重亲密感的一种方式。

---

① 此处的"笑话",原文皆为德语"Witz"。
② 雷蒙·鲁塞尔(Raymond Roussel, 1877—1933),法国作家、诗人,曾影响了杜尚。代表作有《非洲印象》(*Impressions d'Afrique*)等。

在梦里躺在一个女人旁边。做爱是不可能的,因为有其他人在旁边。直到我从睡梦深处醒来,意识到我就躺在这个女人身旁,就躺在同一张床上,只需醒过来就可以满足梦的欲望。也可设想分析性图解的相反景象:生活中实现的正是梦中压抑的欲望。

N 先生成功地做到了坎坷地走完整个人生,却没有意识到这一点。表象只是表象,是财富的外部符号的集合集,是生活的外部符号的集合集。这和强迫症患者(约翰·福尔斯[①])的成就类似,他并没有发觉被他囚禁着的女人正在死去。就像 F 先生那样,他将那个女人囚禁着,用逼迫她爱自己的方

[①] 约翰·福尔斯(John Fowles, 1926—2005),英国小说家。其处女作《收藏家》(*The Collector*,法文版书名为 *L'Obsédé*)获得了巨大的成功。代表作还有《法国中尉的女人》等。

式去折磨她。而N先生通过将生活关闭于自身,用生活的外表来折磨生活。

每一次陈述都愿意被揭露。揭露就像影子一样跟随着陈述。

对一些捉摸不着的事物的过敏,要比对灰尘的过敏强得多。

激光唱片。即使人们反复地使用,它也不会磨损。这真令人恐怖。就像你从未使用过一样。仿佛你并不存在。如果物品不会变旧,那么就是你已经死去。

音乐科技达到了其完美的顶峰,变成了一种暗室,音乐的享受成为死后的享受。

不久以后,人们无疑会重新引入一些平行的噪声,一些病毒,提供一种生命和消耗的幻觉。

她曾经生活在自己头发的影子里。头发长长地垂在面前,看不清她的轮廓。她歪着脑袋,像一个带着头盔的修女,只需插上随身听,就可与世界完全隔绝。不管怎样,她仅靠一些在飞机上写下的明信片与世界进行交流,这些明信片是她飞过的城市的明信片。

世界变成了一个研讨会。一切都要经过这种学术的和乏味的形式。有些存在仅仅是些争论不休的讨论会,在等待一座**文化**影子下的新坟作让步。**最后的审判**被转变为大型的**专题讨论会**,并且负责报销旅行和住宿费用。

遭殃的不再是底层结构(无产阶级),而是大气的上层(臭氧层)。精神圈也无情地受到影响。其速度比臭氧层还快,思想的保护面纱正在撕去,这种稀缺的物质一方面保护我们不受日光致命辐射的侵害;另一方面减少着由愚蠢堆积而起的温室效应——那是真正的二氧化碳层,没有它,连光合作用的功能都不复存在。大脑被氧化,再也呼吸不到氧气。在欧洲上空已经出现了大批的空洞,智慧将从空洞中逃逸,等待着的将是我们象征空间的密封性完全消失。

比臭氧层破坏得更快的,是保护我们不受愚蠢辐射的巧妙的讽刺层。但我们也可以反过来说,保护我们不受智慧致命辐射的巧妙的愚蠢薄膜也在消失。我们散发信息的方式如此古怪,以至于它用不可分解的垃圾污染了精神大气层的上层,渐渐地摧毁了保护我们的那个贝娄带[(ceinture de Bellow)与空间中分子的完全扩散相似],它本来可以让我们免遭人工智能中机密完全扩散的伤害。

上个世纪所有解放的符号最终将一个个地熄灭，比它们出现时的节奏要快得多。欲望、肉体、性将和**进步**、**光明**、**革命**、幸福等词汇一样，仅仅是些乌托邦概念。人们因为恐惧癌症而躲避着阳光（是否为了躯体的复活呢？），人们为了避免风险而放弃性享受，越来越少地公开发表意见，人们戒烟，戒酒，戒吻。**新政治生态学**正在向前迈进。注意你们的人差方程[①]！想着人类的幸存状态，尽量不要得意忘形。但要有信心！终有一天，保护层将被我们散布在空间的所有垃圾层所代替。将发生十足的事物回归：我们将有一天被污染所拯救，就像今天我们被政治的奴役所拯救一样。

[①] "人差方程"（équation personnelle），又译为"个人方程式"，指修正观测误差的个人方程式。人们通过反复研究，认识到人与人之间有反应时间差异。

欲望与其说是一种空想,倒不如说是一种寓意;与其说是一种幻觉,不如说是一种影射。欲望对整整一代人而言,曾经如同一个参照星体。而如今,欲望仅仅是一颗观测卫星。

人们不仅要问,今天写作的功能是不是想证明,鉴于当今社会的脆弱状态,社会中的一切,即使是最难以接受的东西,那也是可以接受的。例如关于霍梅尼的文章轻而易举地得到传播一事:这是作者所描述的政治和智慧贫困的鲜明证据。他不可能成为西方的拉什迪。原因是他对面没有反对的人,对面没有别的阿亚图拉。因此没有说坏话的可能,不可能唤醒憎恶;如果没有颠覆行为,也就没有积极的反应。这是该文化对自身极端蔑视的信号。是否有一种秘密的操纵,它已经成功地消除了所有否定的基因,所有暴力性条件反射,所有自负的符号呢?

如果我理解了你十年来(二十年来?)对诱惑(意大利的风景、戏剧、意义等)和着迷(美国高速公路、沙漠、文化缺乏、空洞、媒体)所作的区分,我想你会一边描绘迷人的地方,即意义被认为在美丽中破裂的地方,一边将美丽借给这个空洞,给本来不具有意义的事物赋予意义。另外,这与事物并不矛盾,因为很显然,文学的意图,即人们违心地赋予艺术作品意义(包括人们竭力表明艺术作品逃避任何阐释)的意图,就是艺术批评而已。

你或许会成为一位对艺术不感兴趣的艺术批评家,但你会将真实物(超级真实物、高速公路、电视等)看作一件艺术作品,还有这一切所引起的东西,即敏感的、景观的、肉欲的、视觉的关注,关注最为"实际"的细节。通过这些细节,你最终会丰富你的玄学的思想。这就是你在造型艺术家身旁取得成功的原因,然后该轮到造型艺术家干蠢事了,他们将生搬硬套你的暗喻,殊不知,若把拟真当成模型,他们将大错特错。

新小说家满足于将世界的无价值性搬到写作的空白中。还有藏在水印中那后现代庸俗的挤眉弄眼(我们没有上当)。在这个意义上,它们所代表的不再是无价值的文学(如同从前的实验性空白写作),而是文学的无价值性。绘画也经历了同样不幸的遭遇:一幅 Bad Painting[1] 确实是一幅蹩脚的绘画——而在哲学上:pensiero debole[2] 确实是愚蠢的思想。

我们是不是可以将一些语言游戏搬到社会现象中去呢?更改字母顺序构新词[3]、回文词句[4]、藏

---

[1] 英语,意为"蹩脚的绘画"。
[2] 意大利语,意为"愚蠢的思想"。
[3] 如"gare"(火车站)变为"rage"(狂犬病)等。
[4] 按字母顺读、倒读都相同的词或句子,如"ressasser"(反复说),"l'âme des uns jamais n'use de mal"(有些人的心灵从来不使用邪恶)等。

头诗①、字母音节颠倒②、押韵、诗节和结局③? 不仅仅是暗喻和借代这些常用的修辞格,还有那些即兴游戏、童稚游戏和形式游戏等,还有那些不合常规的转格,它们创造了通俗想象的无穷乐趣。

是否存在一些社会藏头诗,一段可更改顺序的历史(历史的意义被分散到四面八方,就像在这个游戏中上帝的名字那样④),政治行动的押韵形式,或者押反韵,一些从两个方向都可以解读的事件?

与"渐进"的线性历史的拟真相反,要将特权赋予所有那些属于非线性的东西,笑话⑤的形式或者改变字母顺序的语言游戏,还有语言中回文游戏的

---

① 每行第一个字母连读,则构成作者、被题献者的名字或表示主题的词。
② 如将"sonnez trompettes"(吹军号)说成"trompez sonnettes"(欺骗按铃)等。
③ 该词法语为"catastrophe",有戏剧的"收场"、"结局"之意,但该词也有"灾难"的意思;另外,根据构词法,"cata-strophe"也有"反诗节"的意思。
④ "上帝"在法语中为"Dieu",更换次序后可变成"ideu",与"hideux"(可恶的)谐音。
⑤ 原文为德语"Witz"。

可逆性等。即所有不属于进展或者演变的东西,而是属于滚动式的东西,或在时间中双向回归的东西。

或许**历史**从来就没有过线性的进展?或许从来就没有过语言的线性进展?一切都是以环形的、转格的、方向倒错的(数字语言除外,正因为这个原因,数字就不算语言)方式发展。一切都发生在灾难中,发生在使原因短路(转喻)的结果中,发生在事件的笑话①和倒错的事件(除非是经过校勘的历史,正因为这个原因,它就不再是历史)中。

要偏爱此类的事件,偏爱火花的回归、恶意的弯曲、轻度的灾难,它们对一个帝国的震撼要比强大的社会运动有效得多。

信息、传真、界面的过量犹如梗塞。梗塞之后,将是假象和假器官。在假象之后,将是口误和萎缩。

---

① "笑话",原文为德语"Witz"。

L先生期待着一次命定的车祸,期待着事故以后给他一个新的心脏和幸存的可能。我们每个人都像他一样,就在那儿,非常虚弱,但输着血液,非常自由;但打着吊针,充满活力,又处在麻醉中。我们是移植的试验品,自身剩余能量的受害者;我们被悬挂在命运那残酷的讽刺上,而命运又使急救信号灯失去功能。

这就是移植、蜕变、杂交故事那不情愿的悲喜剧。一个只允许爬四层楼的妇女的心脏。一个移植给白化病人的同性恋的心脏。取下凶手的器官去挽救被害者(佩纳克[①])。今后可能会出现一些器官交换俱乐部,这将成为一个社会的游戏。

她,是脆弱构成的整块,她可以抵抗一切。但

[①] 达尼埃尔·佩纳克(Daniel Pennac,1944—),摩洛哥裔法语作家。代表作有1985年起陆续出版的《玛洛赛尼家族》系列小说(*La Saga Malaussène*)及2007年出版的《上学的烦恼》(获雷多诺文学奖)等。

不能触及这种脆弱中的小块块,否则一切都会坍塌。我呢,我是一个稳固构成的整块,同理可推:如果有人触及这个体系的一个部分,一切都会崩溃。因为每一部分都是不稳定的,只有整体能神奇地坚不可摧。

安全黑皮书:98人被谢菲尔德体育场的护栏压住而死亡。团结友爱黑皮书:救援船赶到贝鲁特,撞死的人要比从废墟里救活的几个人要多得多。

没有任何机会看到完全被云层覆盖,或相反,完全晴朗的整个地球。这从气象角度来说是不可能的。

没有任何机会看到只有幸福的结局,或只有不幸结局的人生。这从哲学角度而言也是不可能的。

投机本身把**资本**花得精光,就像单身汉们那样,把新娘脱得精光。一旦揭开**利润**的面纱,**资本**会变成什么? 一旦揭开**资本**的面纱,**劳动**又会变成什么?

与那个标着"劳动者的解放将是劳动者自身的事业"的历史口号相悖,应当承认**资本**的死亡将是**资本**自身(或者不是资本)的事业。

很多现在的苏联人已经不太记得斯大林了。而西方人呢? 他们还忠诚地沉溺于对这位暴君的记忆和观念的仇恨之中。今天,是我们在冻结记忆,而在今天以前,倒是苏联人在冻结历史。我们照管着这些岁月的冰冷财富,因为我们所有的西方价值都以它为计算基数。

生态拯救的唯一希望:寒冷。新的冰冻期:梦想。种群将在广阔的冰川、无边的沙漠、无人烟的条件下,重新找到人类的意义——这是替代这个星球上家园气候调节的唯一办法。

加速将梦想的人工技巧投进现实中,让矛盾的功能相互碰撞,对词语、物体、概念、客观的幽默、客观的偶然进行浓缩——这一切都是超现实的。美国可是一点也不超现实。它是一个拟真的世界,也就是说没有技巧,甚至没有做梦的技巧。在做梦的过程中,它只能记住形象性(直观化①)。然后它却将梦推至极限处:没有什么可以作更多的想象,因为一切都可以物质化,一切都可以视觉化——超验成了一座监控塔。因此,尽管缺乏隐喻性,美国的世界依然成为一个梦想的世界。

在太平洋安全银行的白色背景下,是纤细优美

---

① "直观化",原文为德语"Veranschaulichung"。

的棕榈树,广告牌,粉刷的墙壁,威尼斯,镜子般的高楼。这一切见证着这座城市的智慧,尽管它闪电般地增长,却一直反射着自己的身影(南美的特大城市就不是这样)。

这里,在洛杉矶,早晨七点,整座城市活跃起来。阳光普照整座城市,人们完全活动起来。清晨的兴奋和夜晚的疯狂中有着同样神奇的东西。即使被亚城市化后,人们还保持着先锋的或者动物的节奏:他们吃得早,睡得早,起得也早。确实,早晨的时光是最美的。然后,便是烟雾,下午是呆滞的情绪。傍晚时分,华灯初上,又显出大楼紫色的身影。

玛丽莲·梦露的墓。墙上的一个格子而已。迷茫的失望。为什么不是一座真正的坟墓?一栋淡紫色的楼房可以作为它的墓碑,高耸于西木区的公墓之上。从前,高耸于这些坟墓之上的,是一家叫作"永久储蓄"的银行。

在沙漠里丢失的手表,和啤酒罐子一起飞了出去。来不及回去寻找了。幸好在这个时候,时间不再金贵。

拉斯维加斯和盐湖城。二者都是媚俗之城。盐湖城的市政大厦与恺撒宫①一样,颇有些好莱坞的风格。如果当初没有约瑟夫·斯密斯②将他的教民带到拉斯维加斯,那么就会有一个银行家或者一个黑手党老大说:"就是这儿。"不管是法老时代的清教徒,还是意大利教堂和神殿的教民,或者大赌

---

① 恺撒宫(Caesars Palace,原文作 Ceasar's Palace),拉斯维加斯的一个豪华饭店及赌场。
② 约瑟夫·斯密斯(Joseph Smith,1805—1844),美国摩门教的创始人。法语原文中为 Jonathan Smith,疑为作者笔误或故意为之。

徒、色情秀和灯红酒绿的光顾者,不管是被荐举的人民,还是被诅咒的人民,都是一个印象,也许是由于风景的感染或是沙漠阳光的照射。每座城市明显地占据着命中注定的极点。基督和宗教在盐湖城的半透明性,相当于赌博和金钱在拉斯维加斯幽灵般的仪式。摩门教徒那种圣经的、福音的、家谱的、可操作的强迫症,相当于拉斯维加斯赌徒对金钱那迷信的、算计的疯狂。救世主降临说和卫道士的使命在盐湖城趋于完美,而异端邪说和背教弃义却在拉斯维加斯登峰造极。

加利福尼亚的不幸,在于一切自愿活动都微不足道。那里社会和智力关系都被神秘地清空了内容。在那里,马克思主义分析如同南半球的大熊星座一样,已经错了位。实际上,在便捷的背后是一个骑士世界,眼睛只为明星而生;一个殷勤的世界,注定被事务诱惑,用图像调情。

最难的是,在这个被理想化的世界里,烦恼成了不可能的事。拯救天堂声誉的必要性（比幸福本身更有必要）显然成倍地增加了生活的困难。集体的责任到了闻所未闻的地步。所有来这儿的人都立即适应了环境，团结互助是彻底而全面的。加利福尼亚人所担当的宣传任务和摩门教徒一样，是苦行禁欲的任务。他们分享着其地理和精神的空间。加利福尼亚人组成了一个大教派，致力于证明幸福的存在，正如其他教派那样，效忠于上帝的至高荣耀。

在小松鼠美妙的轻柔后面，便是精神的残酷，双方情愿的凶暴，这些在美国就是行不通。一个和蔼的生态学家不会原谅我对此提出质疑。人们让你知道，你一切都是自由的，但不能触及他们的自由。那样立刻就会遭到反驳。在众多事情中，这让美国与某个原始社会相去不远：革出教门和意见一致。判决不需要宣布。它就像一个清教徒的定时炸弹，或潜伏在每一个头脑软件里的病毒。或许这是因为教派的遗传,或多或少总是带有原教旨主义和牺牲精神的色彩？对保护性仪式的担忧,在这里已经离强迫症和心理恐惧不远。通过讲究卫生和无休止的集体体操,警察在身体细胞里自发地形成。从这个观点看,看不见警察在场,也许比在巴黎街头看到讨厌的警察更令人担忧。

一个美国公园的魅力之一：你仿佛走进一个迷宫,你不知往哪里走,心慌意乱,你怎么走也走不出去。这种情况会持续一至两个小时,这取决于你在入口处买的门票,时间一到,就会有一辆直升机前来解救。

在佛罗里达州的迪斯尼世界,人们建造了一座巨型的好莱坞模型,有林荫大道、摄影棚等。在模型中多了一个螺旋体。终有那么一天,他们会在迪斯尼世界中再建一个迪斯尼乐园。

为达到目的而过分使用手段是愚蠢行为。在两个手工工人的正常任务中使用三台推土机,这是不成比例的活计,这只能等同于参考大量的文献、书目和必要的卡片,就像分娩前的体操,给无痛分娩带来一丁点儿可怜的客观真理。

在拉斯维加斯以外。在那儿消失,消失在公路旁汽车旅馆的尽头,消失在内华达州一个模糊的游戏站里。需要多长时间才能让一个人激动、烦躁,以便让人再找到我……找到那个梦。不为任何人存在的意图,向人表明不为任何人存在的意图。这是人质的情结,所有的人很快都会对此毫无兴趣。童年的幻觉:证实别人是否爱你,这是一件永远也别做的事情。没人能承受这种证据。

You cannot have your cake and eat it too

You cannot eat your wife and fuck her too

You cannot fuck your life and save it too[①]

不管在哪里,即使在加利福尼亚,也没有任何东西比在那里和不在他处更令人玩物丧志。旅行的一大乐趣,就是沉浸在一个其他人被指定居住的地方,然后又完好无缺地走出来,心中充满恶意的快乐,任凭其他人承受自己的命运。即使他们在当地的幸福,似乎也受到一种秘密顺从的调节。不管怎样,这种幸福永远也赶不上出发旅行的自由。由此我们感觉到,仅仅活着是不够的,还应该穿越生活;对一个城市而言,仅仅看过是不够的,还应该穿越它。一个思想,仅仅想过是不够的,还应该超越它。这也是穿越死亡的唯一机会,否则死亡就是终

---

① 英文,意为"你不能既拥有你的蛋糕,又想美餐一顿/你不能既吃了你的妻子,又想和她睡觉/你不能既享用你的生活,又想去拯救它"。

极性的。

雅皮士①的头脑是等腰的,思想顺着建筑物纵向垂直降落,或者平行地滑翔在计划表的表面。他们与直角三角形不同,并不了解斜边的平缓。

关于美国人,人们可以说,当他们拥有空间后,就没有了距离的感觉。

在得克萨斯州,执行死刑是通过致命的注射来进行的。注射时穿过一堵墙,同时用两个注射器,你不知道哪一个是致命的。没有人在自杀时会如

---

① "雅皮士"(yuppie)是美国人根据嬉皮士(Hippie)创造的一个新词,意思是"年轻的都市专业工作者"。他们从事那些需要受过高等教育才能胜任的职业,如律师、医生、建筑师、计算机程序员、工商管理人员等,年薪很高。雅皮士们事业上十分成功,踌躇满志,恃才傲物,过着奢侈豪华的生活。与嬉皮士们不同,雅皮士们没有颓废情绪,不关心政治与社会问题,只关心赚钱,追求舒适的生活。

此小心谨慎。

要让静止状态翩翩起舞,必须是一个优秀的舞蹈家,就像威尼斯、纽约、里斯本街头那些孤独的霹雳舞者。他们的身体要在长时间的间歇后才动一下,就像一根指针,在一秒钟上停止一分钟,每次移动后便停止一小时。这是动作上的停顿,如同文本上的停顿(即固定写作的片段),或者像电影院里画面上的停顿,固定着整座城市的动作。这种静止不是一种惰性,而是某种感情的极点,从反面来概括动作。这已经是中国戏曲或者动物舞蹈的辩证法——一种令人惊愕、缓慢、陶醉的艺术。这也是摄影的艺术,不真实的镜头胜过真实的动作和叠化[①]渐显,这使得今天的摄影达到了一个更密集的阶段,其图像比电影更加先进。

---

① 叠化(fondu-enchaîné)是影视最常用的镜头连接方式,具体体现为上一镜头消失之前,下一镜头已逐渐显露,两个画面有若干重叠的部分。

出现一种健美运动的新艺术：长胖到二百五十磅，成为一个没有体型的、笨重的大胖墩，然后用内部塑身法雕琢这个肥胖的体形，让这个或那个区域长出肌肉。用适当的体操让脂肪显出某种造型。

自动留言电话，可以让你听到套间里发生了什么事。

连接着视频仪的听诊器，可以让你同时听到自己体内的声音和电视的声音。

阴极射线探头，可以让你一边睡觉一边看电视。

荧光指甲，可以让你在黑暗中借着指甲的光线看书。

黑色的光，可以让你投射出白色的影子。

重力交流发电机，可以让你从自己的影子上跳过去。

成千上万的橱窗,它们是城市肠道内的菌丛。

整个夜晚,她打开窗户,给自己斟上一杯酒,插上空调。无休止的烦躁不安。她说她听到房间里有一个女人在哭泣,一个构造的女人,她说,一个用眼泪做成的构造的形式。有一些睡眠和寂静的夫妻场景相匹配。早晨一觉醒来,它们一个个变得形同陌路。

面对其他人,很难做到一边暗送秋波,含情脉脉,一边又毫无表情,进行着肉体的冒犯。沐浴在情欲消遣的灯光下,很难做到正襟危坐地说话,那黑色迷你裙下裸露的双腿,垂手就可抚摸却不心猿意马。然而,这个女人的美丽容貌却藐视任何的嫉妒和贪欲。在这个阶段上,性的差别就会无视想象,美貌就如同一个星相占卜符号。

事物的智慧应该是智慧与敌手的串通,①也就是说,是一种秘密的和反自然的通敌。

从诱惑的头晕目眩到夫妻间的情感消隐,一切都处在性衰竭那或巧或妙的方式中。

左撇子的条件反射素质。实时时间的完全折射,比其他人快四分之一秒。设想概念比影子还快:这是从语言上赢得的时间,是提前支取的时间;这是条件反射的、自动的、超快的时间段,是思考的时间段。思考和笑一样,都是自动的。

---

① "智慧"在法语中为"intelligence",但也有"同谋"、"串通"的意思。这句话在法语原文中是一个文字游戏,可以故意解读为"事物的智慧就是智慧的智慧"。

在《世界报》上发表的博士论文绝对像一些讣告,它们并列在同一版面上。论文题目印成斜体,扮演着死者的角色,大学的署名就像举行葬礼的教堂的名字,博士的未来头衔就如同墓碑上的碑文。

在缺乏外界的入侵时,那就由身体来产生噪声,由耳朵来散发耳鸣现象。自我免疫。要么通过外部的耳鸣现象(大海的涛声?)来抵抗这种入侵,要么通过注入某种人造的艾滋病毒,使人的免疫系统缺损,摧毁所有抗体。

从前,躯体的病痛被升华到灵魂的激情;今天,激情的贬低则通过躯体的病毒来完成。

在口腔性和肛门性①之后,便是鼻腔性。

---

① 根据弗洛伊德的精神分析学,性心理发展的最初两个阶段为口腔期和肛门期。

鼻子突发性的周期经血被视为不幸的征兆。
感冒的紫癜性发烧被视为失恋的躯体症状。

任何一种内脏都会分泌出思想。大脑也是一个内脏,思想便是大脑这个内脏的产物——皮层的脑霉菌的产物。肠内菌丛、肝脏、心脏、身体内的微生物活动,都产生着思想,它们充斥着梦境,掌握着梦境的节拍。这种精神的"内脏"化分泌让我们很省心,不必再将思想从教权地位提升到哲学的权威地位,它以向镜像阶段永久回归的方式,将我们从思想的幼稚化中解救出来。思想就像一碗食物,在小肠迷宫里蠕动,而且肯定会以粪便的方式找到出口。谢天谢地!

每一次机器对身体的干预都是一次电休克。在测谎仪里,身体成了机器的技术同谋。招供则通过集成电路式的身体的自动背叛而获取。在那儿,精神活动毫无用处。就像在测试或者严刑拷打中:身体对机器作出反应,对机器作出机械的折射,思想只能眼睁睁地看着身体在电休克下痉挛抽搐。

有人说,要看到一只猴子在打字机上打出哈姆雷特,那概率微乎其微。这种概率不仅非常小,而且也毫无价值,甚至更加糟糕,因为如果有一线机会猴子成功地做到了,这就意味着哈姆雷特只是几十亿种概率中的一个概率,这简直是愚蠢至极。这是统计学傻瓜们的梦想,在不断地穷尽概率之后,最终生产出哈姆雷特。然而这是难以想象的:哈姆雷特不属于概率的范畴,从根本上说,它既是不可能的事,却又具有最高的必要性。极小的概率,最大的必要。同样,为了让世界成为世界的概率,这不仅是微乎其微的,而且几乎是零,甚至比零还不如,它压根就没有意义。世界就是世界,仅此而已。世界就是这样的世界,它具有最高的必要性。世界可以是其他世界的概率,或哈姆雷特可能没有存在过的概率,这是留给平庸之辈的唯一机会,好让他们在电脑上再创造这个世界。实际上,这是猴子的机会(我毫无和猴子作对的意思,这只是一个比喻而已)。

每一次灾难都使集体责任的脓疱破裂。我们的制度分离出这样一种浮动的责任电荷,它会时不时地凝聚起来,就像静电会凝聚成雷电一般,而火星将由事故或者灾难来提供。在笼罩在我们头顶上的所有气层(臭氧层、二氧化碳层等)中,还应该加上这个责任堆层,这片放射性乌云,它窥伺着任何一点机会,以便自我爆裂。

实际上,整个这一罪恶只是灾难在我们身上自然激起的享乐效应的向心波。对人类精神来说,承认这种享受是自然的,承认这些灾难本身也是自然的,也就是说是自发的,既没有人为因素,也不受任何人意愿的左右(当然尤其不受上帝的左右!),这是怎样的一种解放啊! 但人类精神就是这样:它总是需要某种精神的追究,或者某种因果的归咎,因为人类精神本身就是人为的。灾难在人类精神的眼中,因其宿命的简单形式,永远也不会是完全自然的东西。人类精神想成为所有不幸的原因,从而沉浸在这种英勇的迷信中。

这种迷信在人权的幌子下,致力于将责任无限地放大。与之相反,我们热切地希望,我们不需要对发生在我们身上的一些事情负责任,也没有权利经历它们。灾难便属于此类事情。因此,灾难就能够成为一个性命攸关的要求,正当合法的要求——为什么不能是人权之一呢?(正如我们所知,灾难已经成为解放极权制度的符号:在苏联,重新创造灾难属于政治透明①的一个部分。)

---

① 政治透明(Glasnost),指苏联领导人戈尔巴乔夫1985年提出的开放政策,旨在增加政治的透明度。

单独的挫折会令人不快,因为它属于现实。而一系列的挫折和事故却能令人振奋,因为它不再属于现实,不再归咎于客观原因,它是众多现象魔鬼般相连的结果。正是在这里,在这个讽刺的天地里,在这个自然而混沌的天地里,通过邪恶的方法,邪恶那非自愿的战略才能统治世界,更大邪恶的自动战略才能主宰一切。这些战略会让我们感到莫大的快乐,比那些不确定的或过于确定的**善良**和**幸福**的战略更加令我们快乐。

另一种崩盘在盯着我们,那是文化生产过剩的崩盘。有人想让我们相信,在文化市场上将长期存在着供不应求的现象(因此在所有价值上都能确保有一种飞速发展)。但是在普通公民的文化经济中,我们已经面对一种明显供过于求的状况。从今天起,狂风暴雨般的创造力超过了吸纳的能力。个人几乎没有时间消费他自己的文化产品,更不用说消费别人的产品了。消费大众也竭尽全力:他们冲向各类展览会，参加各种狂欢节，但已经到达筋疲力尽的边缘。文化异化率正在赶超政治上的自愿奴役率。都说大众需要越来越多的文化，对大众来说，文化要多多益善。这么看事情，将是前景中的一个巨大幻觉。因为，要么文化是一种礼仪，或一种惯用语，在这种情况下，永远也不会出现太多或太少的问题；要么文化就是文化所变成的东西：一种市场，还有伴随它的各种效应，如人为的奇货可居、廉价倾销、投机倒把等。由此，出现在我们面前的，将是一种颠倒状况，与1929年物质生产中出现的相同：生产过剩，注重供大于求，经济中"自然"公设的结束。经济与交易、浮动资本和指数流通一样，成为一种投机活动。正是这种经济窥视着文化市场，我们经历过华尔街的黑色星期四，也完全可以经历文化的黑色星期天。

有一种反对意见说，文化没有界限，因为它操作的是符号，这种意见源于对符号学的无知。任何符号如今都是产品，因此应该尽可能快地不断生产，也包括文化，但这种急剧增长有一个底线，即危机的底线(而对祭品的消费是没有限度的)。

　　文化生产的膨胀大大超过了物质生产的膨胀,其结果是导致一种交通堵塞,而文化领域中遇到的堵塞,要比在经济和道路交通中遇到的堵塞更加惨烈。因为诸如行为、文本、颜色和符号之类,每个人都能以不断通过肠腔的方式,对它们进行自发的和无限的生产。注释和愉悦的时间消失了,每个人都忙于展现自己的才华,而置别人于不闻不问之中。如果说通过对文化市场的开放,我们能够摆脱文化生产过剩现象,从而成功地避免经济危机,那么如果轮到这个市场也饱和了,又该怎么办呢?除了非物质商品,还有什么可以刺激需求呢?那就必须放血,对这些商品进行大规模的摧毁,以便挽救符号价值。正如人们销毁多余咖啡那样,为了挽救交换价值,曾经将咖啡豆当作蒸汽机车的燃料。大部分非物质商品已经追随着物质商品的命运:强制性生产,强制性广告,加速的再生,全面的折旧。艺术变得昙花一现,这倒不是为了影射生命的短暂性,而是为了适应市场的短暂性。艺术正在向这个没落世界的物质命运看齐。事实上,非物质商品已经一去不复返了。在所有的物质商品向符号价值(形式化的过程)过渡之后,我们现在看到的是各种形式的浸泡,纯净的物质、纯净的光明、无穷的能量以任意形式在其内部流通。一种完全的物质性,一种粒子物理的游戏,这就是我们文化的命运,这就是我们文化符号的命运,即使这些文化符号被注入过更多的符号价值也是如此。它们的投资会被抽掉,用途会发生改变,它们会成为纯粹和简单的物质变异,这是没落商品的差异化游戏。

洗礼的浸泡,反洗礼的浸泡。

给自己重新来一次生而复死的出生,像水源那样流水后又断流。

用重水减压箱去替代洗礼池,用胎儿羊水浸泡去替代洗礼。圣事就是这样进行的:一切简化,一次圣事概括所有的圣事——极度的减压代替临终的圣油礼。

今天,感染在客观条件之外开花——冬天、污染、贫困。所有人在任何季节都会相互传染。这是一个总体的社会事实:人们在价值和道德层面上苦苦追寻的共识,却通过病毒的恩惠不费吹灰之力就实现了。这不是和睦相处,而是病毒共生(conviralité)。或许还有另外一种可能,共识本身就是我们现代的病毒,一种毁灭性的病毒,对于此病毒,我们产生的抗体却越来越少。我们面临着政治的白血病:越来越多的白细胞、形式上的谈判、败血症的谈判、透明的界面、缺绿病的界面、灭活(dévitalisées)的社会表面,它们都带着穴居动物的黏膜性白色。

随着世界的交融不断扩大,我们重新变得与原始社会很相似:像原始社会一样,在最初的萌芽阶段不堪一击。一个微乎其微的计算机病毒顷刻间就会给我们带来巨大的灾难,其程度不亚于16世纪的流感或者天花给印第安人带来的灾难。我们密集的通讯模式比穷困中的身体拥挤更容易受到感染。

在计算机的网络里,病毒的负效应比信息的正效应来得更快。然而病毒本身也是一种信息。如果说它比其他信息传播得更快,从生物学上说,那是因为它既是媒介,又是信息。按照麦克卢汉①的理论,病毒之所以能实现这种超现代的传播形式,是因为信息与其媒介载体没有区别。

交流属于言语活动的范畴,就如同繁殖属于性生活的范畴。

在交流中,词语和概念相互作用,目的是生产话语和进行流通,但永远不会交媾。这是无性别的和非性别化的人工智能,等同于人工授精。用最少的性事,获取最多的繁殖。

---

① 麦克卢汉(Marshall MacLuhan,1911—1980),加拿大学者。他利用信息理论,专门探讨传播体系在社会中的演变及其对人类历史的影响。主要著作有《机器新娘》、《理解媒介》等。

反过来,语言诗意引发的陶醉,相当于无繁衍性生活的放纵阶段(诗意的语言自生自灭,不会再自我繁殖;思想也一样,其延续性也因为这个原因而永远没有保障)。

我们拥有一种强大的力量,可以在梦中将自己等同于他人,用自己去代替他人,让他人发表比我们更加精彩的演说。在梦中了解他在现实中不为人知的一面。就像我们本能地生活在他人的头脑中一样。好像梦的智慧就是一位外部导演的智慧,这是一位无人称的导演(尽管他完全浸泡在梦中),对他来说,其身份并不比其他任何一个人的身份更具有意义。

在南半球，陆龙卷①和飓风，就像洗脸池里的水旋转一样，与北半球旋转的方向相反。我们本来希望社会现象也能这样。这不，说到做到。市场营销学的分析家们证实，在澳大利亚的超市里，人流也是呈相反方向移动的。因此，顾客流的进出重新按这个方向进行了计算。

在高速公路上反向行驶——致使数人死亡。当警察来给他做酒精测验时，他已经倒在了血泊之中。

纪念马格里特②：在路边的一堆垃圾前面写着，这不是一处垃圾场。

---

① 陆龙卷，龙卷风的一种。龙卷风是风力极强而作用范围不大的旋风，气象学上一般根据龙卷风形成的环境，将其分为陆龙卷（产生在陆地上空）和水龙卷（产生在海面或水面上空）。
② 马格里特（René Magritte, 1898—1967），比利时超现实主义画家。其代表作《形象的背叛》（*La Trahison des images*）画了一只烟斗，而文字说明却写道："这不是一只烟斗。"

从口吃的小学教师到患肺结核的同性恋,再到贞洁的穆斯林妻妾。

人家满可以把他看成现成的善人。

当裙子的纽扣改变了颜色的时候,他才发现已经换了一个女人。而女人呢,她似乎显得毫无察觉。性别歧视的历史?是啊,或许男人对女人就是这般满不在乎,以至于女人压根注意不到内衣吊带颜色的改变。一个更具性别歧视色彩的版本。

基督的裹尸布。它今天的虚假性不比往日的真实性更为可靠。只是教会必须有这种职责,要承认这块裹尸布,以证明自己的诚意。尽管教会真有必要承认这是假的,但今日的教会更需要的是一本评价美德的证书,而不是其信徒的忠诚。

这并不是说以前就是虚假的。相反,依照同样的逻辑,既然是信仰让它真实,那么在上一次鉴定之前都是真的。但从此以后,它成了假的,因为上一次鉴定就是为了证明它是假的。我们甚至可以说这是双重虚假,因为它被认定为虚假的理由,与真相毫不相干。从某种程度上说,它已经达到了最终的真相。于是,是真是假都已经不重要了,因为它已经进入了博物馆的拜物教。

洗债?免掉第三世界的债务?这是囚犯减刑和总统(密特朗)大赦的新版本。人们洗债和贩毒者洗钱完全是一码事。因为债务对债主国来说,是沉重的道德负罪感,他们通过洗债来摆脱罪恶,同时也摆脱一笔无法收回的坏账——金融体制中精神性的意外妊娠,它是潜在的暴动发生器。如此,在洗债的过程中,我们洗去了白种人的意识,我们变得比白种人更加洁白。

洗钱,洗历史,洗脑子,还它一个模糊的童贞;洗事件,甚至洗力比多,为他在欲望的虚假对象上,一丝不损地挽回声誉——洗,洗,洗,洗净所有黑色的、非法的、可疑的东西。我们洗涤的礼仪在这里与透明的仪式相得益彰。整个金钱都是非法的,整个记忆也是非法的,应该通过作假让记忆被人接受,应该掩盖利润。洗刷是一种神奇的操作,在哥伦比亚黑手党案例中,哥伦比亚政府甚至可以从美国银行中赎回债务。

两百周年纪念①,人们希望它是大恐怖的终结,而事实上却达到了恐怖主义的顶峰。这种状况体现为无处不在的警察、间谍飞艇和优秀的神枪手。

---

① 指法国大革命(1789年)二百周年。

整个城市处于戒严状态,街道被封闭,广场被监控,到处是监视的摄像网络,连广告都带有警察味。六月和七月既是恐怖活动的高峰,也是戏剧表演的高峰;既是被控制的惊慌,也是奢侈炫耀的高峰。恐怖主义哪里都不存在,恰恰就在反恐怖主义之中:邪恶的透明性。看看这些国家元首,他们从防弹玻璃后面观看着这个高峰,神情就像意大利审判红色旅时,被关在囚笼内的恐怖主义罪犯,这感觉确实相当不错。

就像某个人,他的立体组合音响有一天出了故障,便一辈子不再听音乐。

就像某个人,他早上还看见妻子在刷牙,当天晚上妻子就离他而去。

就像某个人,他偶然误了飞机,最终还是回到自己家里。

为什么要新买一台音响呢?为什么要重见这个女人呢?为什么要出门呢?

这是一些突然的变故,一些意志的突然口误。只需要一个细节,就可以加速决裂。只需多说一句话就可以导致自杀,而只需多一毫克的巴比妥①,就可以超越他的自杀。

他们两人在房间的黑暗中睁大眼睛,却相互没有觉察。一辆过路汽车的远光灯,一下子给他们照亮了对彼此的看法。对于相互之间挨得这么近,他们感到目瞪口呆,彻底地被惊醒了。他们来不及闭上眼睛,装出睡着的样子。

在郊区旅馆的一个夜晚,睡意的游丝被各种动物的失眠搅得一团糟。远处的那只狗在吠叫,你真想爬起来把它掐死。但这无济于事,零星的叫声又

---

① 巴比妥(barbiturique),一种催眠药,随着剂量的不同,对中枢神经系统起不同程度的抑制作用。

从这里或那里开始蔓延开来,稀稀拉拉,突然又合成一片。然后,那一片叫声渐渐变弱,你的睡意又开始升起。然而有只可恶的狗突然冲着月亮一声尖叫,自己没醒,却把其他的狗唤醒了,于是它们在睡梦中大声吠叫,不能自制。然而天快亮了,雄鸡已经打鸣。只有这时才恢复了寂静,即旅馆清晨的各种噪音。

如果说在身体的经济①中,血液是一种财富,那空间便是一种奢侈。

既然媒体总是要让你说与别人所说的相反的话,那应当就有勇气总是说与别人所想的相反的话。

---

① "经济"一词在法语中为"économie",但该词也有"结构"、"布局"的意思。

在橱窗里,闪耀着一枚玛瑙戒指,一位不知名的顾客存放在那儿已经五年了。在街对面,在古董商杂乱无章的罕见珍品中,具有英国摄政时期风格的一座老钟却酣然入梦。钟面上标记着不同的月相和这个永恒的城市里时间的最微小差异。一座将富人和穷人神秘地混杂在一起的城市,并保持此状态原封不动。

最理想的工作条件,就是悠闲。

旅行的宽广空白相当于悠闲的宽裕时间。人们朝各个方向运动,空间的仪式相当于在一个封闭的房间里举行的关闭仪式。

就像在那重水做成的棺材里,那些急于求成的神经质(就像于米埃热①的神经质病人,在将他们扔进河流顺水漂走之前,先要割断他们的神经)前来再生他们的精力,在昏睡和催眠的过渡性心脏中恢复能量。这样,人们就可以在旅行的涅槃中消解,就像追逐自己的影子那样追逐工作。但这总比因过度工作而失去自己的影子要好得多。

哲学再次将人们吸引到它的床上,让人们从它粗制滥造的作品中生出一个孩子来。然而,人们不再愿意上哲学的床,但孩子仍然通过心灵感应出生了。现代哲学生下了这个遗腹子,人们先得立刻给他输血(尽管有风险②),然后才把他抱到弱智思想的洗礼池边。同时,他又从墓外卫星中接受了海德格尔的临终圣油礼,借着跨阿尔卑斯山顶峰的光

---

① 于米埃热(Jumièges),法国小镇,位于上诺曼底的塞纳滨海省,离鲁昂市不远。该镇有公元7世纪和10世纪的教堂遗迹和修道院遗迹。这里似乎影射中世纪对异教徒的一种酷刑。
② 似影射法国因输血而传染艾滋病毒的事件,这是法国20世纪90年代初医疗界和政界的一个丑闻。

芒,飞向第七重哲学天空。

任何物品,即使是新制造的物品,都应该对应于卡约①所钟爱的游戏类型:模仿游戏、冲突游戏、随机游戏、眩晕游戏②——寓意的、模仿的、随机的、深不可测的游戏。不管是什么,书也好,事件、犯罪、旅行、建筑也好,它都有存在的必要:某种东西的寓意——对某人的一种挑战——任偶然性尽情行事——让人头晕目眩。

野蛮的领土行为。但愿谁也不要到我领地上来打猎,我也不会去你的领地里打猎。野蛮的性格

---

① 罗杰·卡约(Roger Caillois,1913—1978),法国文学家、社会学家,法兰西学术院院士。他对游戏理论做了系统的研究,著作有《神话与人》《人与神圣》《游戏与人类》等。
② 卡约划分的游戏类型,原文分别为:mimicry, agôn, alea, ilynx。

行为。兰波①。懒惰,没教养,失恋强迫症。甚至靠摆脱亲人、摆脱物品、摆脱记忆、摆脱一切来制造空白。起初强烈的宣泄,这时成了对继续的厌恶。游牧的农民。这仍然是地狱里的一季。

某样东西从一开始就在那里,以螺旋形展开,穿过整个一生。但有一天,经常是出乎意料的,一切都完了,整个体系只维系于一根线,只需一个细节就足以毁灭它。

对历史的恶意是完全彻底的:海德格尔、希特勒、集中营、大恐怖,这一切被羞辱,被否认,然而在媒体的输液下,它得到洗刷开脱,陶醉不已。根据道德的理性,这一切大概就不曾存在过,就像谋杀

---

① 阿尔蒂尔·兰波(Arthur Rimbaud, 1854—1891),法国诗人。他用谜一般的诗篇和富有传奇色彩的一生吸引了众多的读者,代表诗歌有《山谷睡客》、《醉舟》等,诗集有《地狱里的一季》、《灵光集》等。

该隐①或者灭绝印第安人大概不曾发生过一样。但不管怎样,还是应该编出这样的假话——否则,我们又能谈论些什么呢?

我们对待符号的态度大概严厉了些,正像符号对我们很残忍一样,我们没有出于纯洁的基督教仁慈,让符号去传情达意。我们的整个符号学仅仅是错了位的仁慈,它所施行的对象生灵仅仅是一些非人类的食肉物种,还有它们那语义学的虚伪(似乎总是有意义)。

相反,应该羡慕它们的,那就是它们的智慧;应该用同样玩世不恭的智慧去对抗它们。对符号不应有怜悯心。不给它们留下知趣的托词,不留下人为清晰的托词。把它们当作原样的符号,即世界对我们的冷漠所产生的那些奇妙而危险的产品。因为符号和石头一样古老,却有一种更加微妙的冷

---

① 该隐(Cain),《圣经》中亚当的儿子。

漠,这就是意义的冷漠。

写作中最扣人心弦的时刻,就是浓缩的时刻,省略的时刻,变少的时刻。重新创造一些越来越紧密的核心,在其周围光线偏了方向;思想也一样,因为它失去了原始的意义。

享受符号而不使用符号,这是人的倒错。因为只有从上帝那儿才能得到享受,只有从符号那里才能获得用途(圣奥古斯丁[①])。

自从科学重新找到指示痛苦的权力,它就再次变得有趣起来,其有趣之处不在世界的非理性中,

[①] 圣奥古斯丁(Saint Augustin, 354—430),拉丁语为"Aurelius Augustinus",非洲主教,曾经在迦太基、罗马和米兰布道。

而在对其客体的背叛中。如今,开辟了一个客观分析的报复领域:这种分析导致科学对其客体的歪曲,从此以后,认识就处于其客体对科学的篡改中。

适应澳大利亚或者美国的生活是很容易的,因为这是生活风尚的零度。但零度也是灭绝所有其他人的零度,而图容易的欲望就是死亡的欲望。

所谓圣事,不是洗礼,而是出生;不是临终的圣油礼,而是死亡本身。对我们而言,圣事缩减到事件本身。

将要领导西班牙未来私立电视频道之一的人,他是一个盲人(他将盲人协会前主席推进了电梯间,以此方法清除了障碍)。

残疾人和盲人之间为争卖彩票而进行的斗争,

仅仅是权力斗争的序幕。权力终有一天会完全落到残疾人手中。指挥别人,或者被别人指挥,都以四肢的残缺为前提——天生的残疾人,他们具有遗传的优势,正像在计算机或电子领域中那样,他们会越来越成功。

未来的等级将是缺陷的等级。知识分子在这个竞赛中,直到现在还处于领先地位,但他们将失去其特权,因为他们的残缺只是象征性的,比不上一个动力的、解剖学的或大脑的残缺。这种残缺更加可见,更有效率,更具有操作性。时代已经不再是隐喻的朝代了。

在缺陷的等级里,知识分子和政客一样,只是一些中间环节。接他们班的将是真正的变异者,他们要么缺少某种基因或者染色体,要么有其他基因或者染色体侵入体内(当艾滋病毒侵入了人类基因遗产库时)。或者还有那些缺少有性生殖能力的人造变异者——从某种程度上说是非人类的,是人类的底线①——他们会接替那些宦官的位置,这些宦官曾经充满古代穆斯林后宫和文艺复兴时期的唱诗班;他们还会接替那些统治帝国的患血友病的阳痿者,不一而足。

这么说没有贬低之意,仅仅是想表达一种规律,根据这个规律,只有缺少某种东西的人才能填补权力的真空。

任何社会都应该给自己确立一个敌人,但是它不应该想着把敌人全部消灭。这正是法西斯和**恐怖主义**的致命错误。但这也是温和恐怖与民主恐怖的致命错误,他们正在消灭**他者**,其手法比对犹太人的大屠杀更加可靠。旨在将一个种族具体化的操作,通过其内部繁殖使种族生生不息,即被我们打上种族主义卑贱化烙印的行为,它正在个体的层面上逐步实现,甚至以人权的名义,从遗传学角

---

① "底线",原文为英文"borderlines"。

度并以各种形式控制着自己的程序。

完美的犯罪不等于没有痕迹的犯罪。它是一种不可能进行现场复原的犯罪,因为它没有动机,而且说到底也没有作案主体。自然灾害和不少历史事件都是一些完美的犯罪。世界本身也是一个完美的犯罪,没有动机,没有凶手,得益和抵罪补偿都是不确定的。

这是一种自杀性能量,它通过大部分事业而得以施展,这种能量并不以其创造之物为目标,而是旨在进行一种自我毁灭,按原样毁灭。

对人的性别定义,对图像的电视定义。二者之间是否有一种关系呢?图像越是走向一个高度定义,其身份就越是走向一个弱小定义。性别越是朝向弱小定义,我们就越是走向对身体各种技术的高度定义。

高度定义,就是色情的描绘。所有的高度定义都是按照色情描绘中生殖定义(动作和器官)的指数确定的。所以定义总是有一些淫秽的成分,尤其是在文化领域内。

卢梭①说过,保持自己的性别是一种奇迹。在粉色②迷你电话中,就像在变性人世界中,已经没有了奇迹,有的只是犹豫,再加上过渡到行动的犹豫:谁在屏幕的那一边? 谁在性别的另一端? Matter of gender.③信息也是这样:谁在信息的那一头? 是人还是电脑? 这是所有虚拟机器引发的问题,是屏幕与人脑的杂乱和智能运转引起的问题。关于机

---

① 卢梭(Jean-Jacques Rousseau, 1712—1778),出生于瑞士的法国作家与哲学家,启蒙时期的代表人物之一。作品有《论不平等的起源》、《爱弥儿》(或称《论教育》)、《社会契约论》和《忏悔录》等。
② 在法语里,"粉色"(rose)常与色情业联系在一起,如迷你电话的粉色讯息,粉色电话等。参见第24页注释①。
③ 英语,意为:"性别的问题。"

器,我们甚至不能再说出卡内蒂①关于野兽所说的话。他说在每一个动物里隐藏着一个人,他在嘲弄你——我们宁愿说在每一台电脑里隐藏着一个人,他无聊透了。

但愿剩余世界的苦恼成为西方强大力量的基础,但愿这种贫困的景观成为西方强大的桂冠,没有比拉德芳斯的大拱门顶更加漂亮的证据了。人权基金会在那儿举行了一次盛大的冷餐会,为一次照片展剪彩,而照片展览的都是反映各国人民水深火热的最美照片。联盟的大拱门将它的结构留给了全世界的苦难,并用鱼子酱和香槟酒来提升苦难的神圣性,对此应该感到惊讶吗?

---

① 埃利亚斯·卡内蒂(Elias Canetti, 1905—1994),奥地利及英国籍德语作家,1981年获诺贝尔文学奖。发表了20部著作,散文最多,戏剧次之,其中最有影响的是政论《群众与权力》,戏剧《虚荣的喜剧》、《婚礼》,杂记《人的省分》,长篇小说《迷惘》,以及自传体三部曲《得救之合》、《耳中火炬》、《眼的游戏》等。

当冰块在你的脑袋里相互碰撞,当人们在一个个房间里都能听到这声音,当冰块在知识狂热的火焰下慢慢融化在头发根时,当水汽从隐形眼镜片后面冒出来的时候,当思想如玻璃料做成的淋巴细胞,在你的脑壳中打转的时候。

应该在膨胀物中工作,或者在未考虑物中工作。①

激进性是职业生涯结束时的特权。

在夏尔·马东②的作品中,强度来自微型化,这

---

① 在法语中,"膨胀物"(expansé)和"未考虑物"(impensé)在发音上押韵,同时"ex"表示输出,"im"表示输入。作者在这里做了个文字游戏,可以故意理解为"膨胀物"和"非膨胀物",或"向外思想"和"向内思想"。

② 夏尔·马东(Charles Matton, 1931—2008),法国艺术家,其创作跨越绘画、雕塑、写作、摄影及电影等多个领域。

是以原样大小制作的暴力。这是最有效的人工形式。看着一个个工作室、客厅和电影院的整体缩影,就像处于艺术品的微型再现中心,仿佛从眼睛里面观察这个真实世界,观察复活在视网膜上的三维图像。讽刺来自对散乱物品的废弃,疲惫的沙发、揉皱的报纸、沉默的钢琴——这是对错觉的讽刺;正如在错觉中,在不是油画的错觉中,看到的是玄学精度的眩晕,是细节的晕厥,是缩减了的精神模式的昏乱,它敲击着惊愕的判断。

思想对真实世界有的只是时不时产生的一见钟情,而真实世界也会时不时地将一见钟情回报给思想。在大多数时候,思想会为了存在而脱离现实,为了美丽而保持距离。它心甘情愿地将任何权力让给对真实世界的客观分析,它想要主宰的只是一个人造的世界。但相对于这个人造的世界,思想是个完美的客体(绝对的耳朵),而客观的技术永远只能是幻想破灭的图像,即产生于现实与其复体间断交媾的图像。

就像格伦·古尔德对自己所说的"绝对的耳朵"(对怪异的直觉,对某种声音的生理绝对性的直觉,当泛音在空白中分散时会形成最美的声音),对于思想而言,其等同物应该是分离一个假设,在空白中,在对任何参考、任何区别、任何协调的寻觅中,将所有泛音从假设中解放出来。所有这一切在道德范围内的等同物,绝对批评的等同物,或绝对的耳朵,那就是绝对的犯罪。

完美的犯罪只有一个,那就是自杀。因为它是唯一的,不能上诉,而谋杀必须不停地重复。因为自杀实现了凶手和被害者之间理想的混淆。

思想的绝对条件就是创造空白,因为在空白

中,最远的物体会处于彻底的近处。在空白中,不管什么体,天体或是概念体,都会从安静的抽象中发出光芒。

肉眼可见的东西如此之多,这让我们的清醒意识倍感踏实。我们的意识会喃喃自语:这一切不可能不是真实的。然而,真实是由一些不可见的细节,听不到的频率,阈下知觉①的程序,肉眼看不见的事物构成的。这个真实是协调的,因为它的目的地就是思想的目的地。它也是和谐的,因为在它缄默的抽象中,预先注定会期待思想那更加细腻的干预。

---

① 阈下知觉(subliminal perception),即低于阈限的刺激所引起的行为反应。它作用于各种感官,必须达到一定的强度才能引起感觉。那种刚刚引起感觉的最小刺激量,称为绝对感觉阈限。刚刚能引起生理反应的最小刺激量,称为生理的刺激阈限。有意识的感觉阈限和生理的刺激阈限并不完全是同等的。一般说来,生理的刺激阈限要低于意识到的感觉阈限。

真正的诗歌,是失去了所有区别符号的诗歌。如果说还存在诗歌的话,那它是无处不在,只有诗歌中没有。就像上帝的名字,它曾经分散在诗歌的字里行间,根据改变字母位置构成另一个词的规则,今天倒是诗歌本身分散在世俗的不同形式中。对戏剧来说也是同样的情况:今天的戏剧无处不在,唯独戏剧中没有。真正的戏剧在别处。

哲学也是同样:如果哲学存在的话,它就无处不在,只有哲学专著里没有。唯一引人入胜的就是这种变形,这种在非哲学范畴里哲学形式的分散。

整个世界都变成了哲学的世界,因为它否认了现实和一目了然。向它提出关于结果的问题是徒劳的:它已经超越自身的目标。也不可提出关于原因的问题:它只知道后果。哲学批评大体就以实体形式终结的。犬儒主义、诡辩、讽刺、距离、冷漠,所有这些哲学的激情都要过渡到事物中去。整个哲学和诗歌都从那里向我们走来,而我们却不再期待它们会在那里出现。

黄石公园——人们重新发现了森林火灾的生态必要性。而市场规律则很早就发现了在蒸汽机车里销毁咖啡豆的必要性。动物在数量过剩的情况下,从来就是遵循集体牺牲的法则。

当然,人权和自然权的近期思想强烈反对这种自然的调节。那么,如果事物的自然进程引发一种牺牲性调节,而不是不惜一切代价的人工保护,那生态保护又在哪里呢?

这就是自然那残酷而具有牺牲精神的既定立场,它不区分好坏善恶(但或许这种不分善恶的态度有一种后续的功能?),或是理想和命定的既定立场(但这种善意的卢梭式思想,它难以遮盖通向邪恶归宿的晦涩意识)——根据人们对自然进程的想法,生态平衡已经改变了意义。如果生态学重新发现了森林火灾的高级用途,人们是否也会重新发现人类牺牲的高级用途呢?(阿兹特克人①认为,只有倒出去的血才能再生太阳的能量——在这一点上,我们能说他们弄错了吗?)

黄道②外科的研究所,星座的美学外科研究所:人们在这些研究所里改变星座,就像改变脸蛋那样。但是怎样才能改变病人的星座符号呢?我们可以通过星相术诱导改变星座吗?道路漫长,结局难料。解决的方法很简单:应该在死人的星座中吸取(死人星座的交易,就像"活人"器官的交易一样,既违法又不道德)。昭告亡灵、孤魂野鬼和游荡的幽灵,提取他们的星座,除去活人原先的星座,再植入死人的星座。所有这些都会引起非常危险的排

---

① 阿兹特克人(Aztèque),美洲印第安部族,主要生活在墨西哥境内。
② 黄道,天文学名词,为天球上的一个大圆。它是地球绕太阳公转的轨道平面无限扩大与天球相割而成的圆,也可以说是地球公转轨道在天球上的投影。人们把黄道划分成了十二等份(每份相当于 30°),每份用一个星座命名,这些星座就称为黄道星座或黄道十二宫。黄道十二宫是西方星相占卜文化的基础。

异反应,因为患者会处于完全没有星座符号的状态,这与人失去影子一样非常危险。

此外,黄道研究所还可以在将来的前景中,融入一个更广大的器官移植中心,而它将是这个中心的一个专科诊所。

从现在起,就应该开列一张星座志愿捐献者候选名单,配有详尽的星座卡片(有可能的话,加上广告装饰,明确客户类型,这只是从商业角度看)。

还要配备一种连接,如果不是电话连接,至少也应是心灵感应连接,以便届时进行手术。还需要各种各样的外科预防措施。如针对患者的最小施救设备(有点像自杀汽车旅馆的设备,还有其他古老的未来计划,并且还耦合一个星座移植和位相转移集团),大脑成形设备,手术实施程序(共济会总会的类型,共济会的单人病房,占星的礼拜仪式,黑白色服务或彩色服务),特别是整体的无菌操作,让患者获得免疫能力,以对抗星座的任何排异作用,对抗任何病毒的感染。

人们无法保证可以建立一个随时可用的冰冻

星座库。不能保证这些东西能够在活体外(in vitro)进行保存。因此,最好在活体内,在现场进行星座移植,但这将会增加风险。要不间断地继续推行这项计划,同时继续推行自杀汽车旅馆的计划,其具体的程序也应当尽早确定。

许多想破旧立新的人,他们实际上从来就没有接受六七十年代知识风尚的混乱。他们以思想的某种绝对形式暗送秋波,但他们的婚姻生活只能在别处。

为什么我不再参加游行了呢?为什么我不再去法兰西学院了呢?同样的原因:服务保障太棒了。法兰西学院的上方不再有天空,学院穹顶的上方不再有穹顶,游行之上也不再有天空,游行之中不再有游行,秩序服务被保障得太好了。

人们不进法兰西学院,却在林荫大道的对面观看它。人们不去游行,却在法兰西学院大门前的平台上观望。

啪嗒学①在 2000 年左右会包围形而上学。

Sex, lies and videotape.②

这是对一个阶层的描述,这个阶层对生活无动于衷,却整天忧虑着它的生活方式。这个阶层对自身和自己的欲望也无动于衷,而只关注一层层的录像带。主人公携带着绝对武器,性信息库就建在录像带中,那里就是他的诱惑和语言场所。每个人与自己的生命互动,从存在的角度讲,这是毫无意义的。同样,电影艺术家与他的电影互动,从戏剧的

---

① 啪嗒学('pataphysique):法国作家阿尔弗雷德·雅里(Alfred Jarry,1873—1907)创造的一个概念,以嘲弄和荒诞的方式讽刺现代科学的理论与方法。1948 年啪嗒学院成立,波德里亚亦是成员之一,并于 2001 年被授予总督(Satrape)头衔。

② 英语,意为:"性、谎言和录像带。"亦为美国导演史蒂文·索德伯格一部电影作品的名字,上映于 1989 年。

角度讲,也是毫无意义的。图像从戏剧中走出来,又进入了图像的心理剧,图像失去了它的魔法,让人生厌。电影自身也跌入了同样的冷漠录像之中。

预言灾难是一种闻所未闻的平淡之举。更有新意的倒是认为灾难已经发生。这会改变所有的分析条件。因为通过这一事实,我们摆脱了未来灾难的假设,也逃避了这方面的任何责任。这是预防性神经官能症的终结,它用黄昏的光线包裹着所有的活动。这是**历史**的终结,真实的终结,大型爬行动物的终结,臭氧的终结,女人的消失——再也没有内疚,失去的东西在我们身后!There is a last time for everything - the last time is over![1] 原始社会已经明白了这个道理,它们自由地生活着,因为它们早就将罪恶放到了发源处,而且一劳永逸。我

---

[1] 英语,意为:"每一件事情都有最后一次——最后一次已经结束!"

们只需将灾难也放到发源处,也会一劳永逸。这样,我们就不再面临最后的审判。如果我们愿意的话,可以自由地重新体验所有的历史激情,或者随便地选择跨历史的冷漠,as we like①。

西方不愿意再为让它得以生存的东西掏腰包——原材料在正式的世界市场上暴跌。然而,西方愿意在黑市上支付高昂的代价购买毁灭自己的东西,即毒品。这是世界范围内过高估价的唯一野蛮食品。而留给第三世界国家的只有唯一的解决办法,就是拼命地剥削他们。同时这也是致命的报复,即以黄金价格向西方出口器官变异。被剥削的和作出牺牲的国家用死亡货币偿还欠债。

黑社会,黑市,黑工,黑享乐。政治、文化、思

---

① 英语,意为"如所我们所愿意的那样"。

想、毒品都是注定的黑色渠道。可能有一天,我们会看到酒精流通渠道的复兴。过去存在于禁止界限处的东西,今天则在宽容的边缘百花齐放。

艾滋病,这是非洲;毒品,这是南美;恐怖主义,这是伊斯兰;债务,这是第三世界。而几乎只有金融崩溃和电子病毒才是西方的成就。

一架满载液态醚的飞机在亚马孙河流域上空飞行,飞向麦德林①的毒品实验室。一个巴西亚②的丰满老太太正在聆听一个假设她能听懂的演讲。

叙述历史事件的蓝皮书

---

① 麦德林(Medellin),哥伦比亚第二大城市。
② 巴西亚(Bahia),巴西东部的一个州名。

极端现象的绿皮书

强大的命运的绿色光谱

正在进行的橙色螺旋染色体

社会的粉红皮书

轨道外的苍白面孔

后现代是第一个真正具有普遍性概念的通道,就像牛仔裤或者可口可乐。后现代在温哥华或者在桑给巴尔①,在芝加哥或者在布达佩斯,都具有同样的美德。这是所有纬度上的语言私通。

他们生活在凡士林里,像鸬鹚一样快活。

---

① 桑给巴尔(Zanzibar),印度洋上的群岛,位于东非坦桑尼亚东部。

方法之一是将概念投射到空白中,并在轨道上将它们杀死。概念的尸体继续在**缺席的参照项**(Référent Absent)周围转圈,正如宇航员的躯体,躺在巴拉尔家族①的轨道石棺里,像死亡的天体那样,在地平线上升起和降落。

智慧的动物分为两种:一种喜欢新鲜的肉,另一种喜欢尸体的肉。偏好生吞活剥概念的动物和喜欢品尝剩肉的动物。它们之间除了都是哺乳动物以外,没有任何共同点。

超过十个人,想质疑现实都无济于事。在十人以上,每个观众群都会进入自动自卫的状态,会对任何质疑现实和质疑事实的人作出强烈的反应。

---

① 巴拉尔家族(Ballard),法国一个从事印刷产业的家族,几乎垄断了所有的乐谱印刷。

在多于十个人的人群前,任何绝对的话都是说不得的。

    在暴风雨中激增的云层
    在接近瀑布时加速的水流
    来自各个角度不同的飓风
    从流行链这一头传到另一头的同样的病毒

混沌理论尤其注重人的感觉,而忽视初始的条件。或许应该谈谈感觉对最终条件的依赖问题,谈谈最终形式的眩晕所引起的喧闹问题?

言语活动就是这样,存在于它的诗歌形式中:它对自己的结局超常敏感——这是临近结局的眩晕。结局就在那儿,在开始的地方。于是不再有结局,有的是内在的进展。这就是宿命——无条件的事件,总是伴随着结果那无法预料的缺席。这种缺席的原因就是,结局的起点就在开始中。

在转喻中也有某种这样的东西——用结果代替原因。如果结果已经存在于原因中——这也是一种宿命——那就不再有原因,只剩下结果。世界就在那里,实实在在地在那里。对此,没有任何理由来解释,上帝已经死了。

在死亡事件,即以任何方法掩盖着的事件之后的,是今天的遗传学主攻的出生事件,通过我们熟知的操作方法——比如人们摧毁面部的事件,消除它的不规则性,消除它带来的惊喜,消除其隐秘的丑陋等。也许这种对出生的消除,把它当作命运来消除,把它当作偶然来消除,其后果比消除死亡的后果还要难测算。

既然人们如此重视出生的星座符号,为什么人们不给死亡的星座符号以足够的重视呢?可以想象,你将要死于其中的星座符号与看着你出生的星座符号,两者具有同样强大的预感力量(星座对我们的时序无动于衷,它们可以从任何一个方向进行操作)。这个最后的确定无疑会对我们产生影响,就像一个古怪的吸引物(我们可以设想,出生的星座决定一生的本质和特性,而死亡的星座则决定一生中的意外事件)。

圣保罗——懒散和随意

就像那天空:明亮而隐晦;而交易:具有一种幻想的暴力

刺耳的行业在林荫大道的前景中

刺耳的行业在不同种族的星云中

巴西对展示肉体,尤其是展示臀部的偏好,也许更多地来自可食用性,而不是性欲。对于一个吃人肉的社会,这些部位是最美味可口的,最秀色可餐的。目光所表露的或许更多的是垂涎欲滴,而不是情欲焚身。

在米纳斯吉拉斯州①巴洛克教堂里的雕塑,眼睛用玛瑙制成,还用上了不会腐烂的人类头发。

在格兰德河②的南岸,一旦跨过美国的边界,不幸就开始了。整个南美大陆还生活在帝国屠杀的时代,这些帝国在西班牙人和葡萄牙人到来时就倒塌了,而且永远在不停地倒塌。

从掠夺者的角度讲,抢劫还在继续——如果不再是殖民者,那就是国际黑手党。此外,正如16世纪在印第安人家园发生的事一样,腐败和同谋的堕落在那里生根发芽,而人们却欣然接受,对巨大失败的景观则屡屡接受。

---

① 米纳斯吉拉斯州(Minas Gerais),巴西东南部的一个州。
② 格兰德河(Rio Grande,西班牙语为 Rio Bravo),北美洲南部的一条河流,亦是美国和墨西哥两国的界河。

同样，在北美，持续着一种"边境"、自由、能量和成功的原始戏剧；同样，这里永久地上演着一种与牺牲、与征服的彻底绝望相反的原始戏剧。这种彻底的绝望已经进入整个民族的血脉中，从印第安人到混血人种，最终遍及整个民族，也包括白色人种。他们似乎也承认，这是个没有希望的大陆，注定要走向灭绝的丑闻。剩下的只有叶绿素和可卡因，氧气和资源，以及精神完全腐败的地球矿藏。

没有人真正希望从中摆脱。也许从来就没有从中摆脱的愿望，没有摆脱原初场景的丝毫愿望。只有在狭小的阶层中，如知识分子和政治家阶层中，有一点无足轻重的愿望。即使在这一小部分人身上，其行为也成问题。根据现代的标准（计划、方案、组织）计划着一切，然后，在心理时刻中，却对结果毫无兴趣。正如我们在证明应该去做什么，但又没有去解决的意志。当然，事情常常不如人意，但也不要认为他们会因此而不幸福，因为这只是在验证摆脱困境的不可能性。

在人际关系中也是同样的情况：慷慨大方，情感动人,同时又无礼放肆,粗枝大叶——这或许也受到热情表演的感染? 当然不是:问题是不应该让任何东西有保障,以便让游戏进行下去。与时间的关系就是和金钱的关系,也是与其他人的关系:到期的票据、约会、汇率,所有这些都是有意让它们浮动。所有人都喜欢这种货币的不稳定状态,喜欢时间的永久不稳定状态。这是一种游戏,一种命运。所有的经济计划,所有的稳定方案在这里都注定要失败。这种失败是如此地确定,以至于这甚至都算不上失败,而是一种景观,是和足球、桑巴舞、礼拜、非法博彩①一起比秀的演出。正如穆尼斯·索德雷②所说,这才是真正的巴西,不是冒牌的,不是被迫按照西方的科技民主方式运作的巴西。作为原样的巴西,这个国家可能就会兴高采烈地以其极其丰富的方式继续推行牺牲、奉献、仪式性的吃人肉

---

① 非法博彩(jogo de bicho,即 jogo do bicho),流行于巴西的一种地下赌博游戏。
② 穆尼斯·索德雷(Muniz Sodrè,1942—),巴西作家和社会学家,里约热内卢大学教授。

习俗。为什么不这样呢?

这种对人们所进行事业的深度冷漠,这种在成就中的昏厥(比如在桑巴舞的节奏中),可能来自慢节奏的原始习俗世界和快速与加速的现代世界之间的短路。而在原始世界中,周期是自行完成的。这就出现了不一致的结果:前进,勇往直前地向前冲,不可避免地又突然地跌入缓慢的周期,人们染上了懒惰的昏睡病毒。如果我们减少对行动结果的投资,这并不是因为我们缺乏决心或者能量,而是因为其中一部分能量被前一个周期占用,而且人们还忠诚于这个周期。这或许能解释这一现象,即巴西人面对计划或者方案的失败,能够泰然处之。没有任何东西注定要直奔目标,谁都不能声称一定能马到成功。结果、剩余、结局应该留给偶然性,留给魔鬼和宿命。试图控制这部分火焰,控制这该死的部分,试图承担其责任,这确实是荒谬而又亵渎的行为。进行指挥的是周期,周期就如同地球的弧度。懒惰、无礼仅仅是心中对这一神秘部分的默默承担。这一神秘部分会让任何计划落空,指挥着不让任何事情有成功的机会。

危机,是对上层资本家而言的,他们想从危机中,在世界范围内获取所有的利润。灾难,是属于中产阶级的,他们看着生存的理由化为泡影。剩下的(80%)远远低于危机水平线,以至于他们根本感受不到危机。如果可以的话,他们会本能地存活下去。由于没有经济的存在,他们就更容易找到灾难的象征性平衡。

巴西的经济危机和华尔街的投机一样难以理解,除非通过展示经济体制荒谬性的阴险用心来解释。这好似一场集体赌博,赌注是展示一个社会可以非常好地存活下去,长期存活下去,即使在最糟糕经济秩序的混乱中,这个社会也不会对自己绝望,条件是不能有僵化和理性的结构。就像意大利人和他们的政权:赌注是展示一个社会即使没有国家和政府,照样可以霸道地繁荣昌盛,条件是有足够的戏剧性和讽刺性。意大利和巴西是对将来的形象预示。因为总有一天,所有的社会都注定要在超越经济和超越政治的状况中生活。

在巴西利亚,城市的抽象性至少提供了一个可信的事实。那些头脑发疯的人冒着生命危险,徒步穿越高速公路的中心线,他们至少是人类生灵。人类种群在任何地方也不可能像在这种外星环境里一样蛮横无理。只有那些行走的人除外,他们非常渺小,但也颇为感人。或者他们龟缩在巴西利亚周围,躲藏在卫星城里众多的崇拜仪式中,麻木在启蒙的拙劣剧氛围里。他们越是反对主城的恒星几何,这种拙劣剧就越是光彩夺目,越具有融合性。

科巴卡巴纳①富裕和占统治地位的阶级,他们通过自己的奴隶而自我隐居。这些奴隶静静地、默默地吞噬着主人的时空。他们禁止人们进入这些奢华的住房,即使在梦中也不行;他们掌握着主人灵魂的钥匙,就像掌握着主人们私人电梯的钥匙一样。

在"泰坦尼克号"事件之前,最美丽的灾难发生在 1899 年 12 月 31 日晚上,新世纪的第一个夜晚。马瑙斯②城由于橡胶业的利润而变得非常富裕,便装备了一艘大型游船,沿着亚马孙河上行。船上载着来自世界各地的贵族绅士明星,准备共度一个最奢华的国际庆典。整个夜晚,上层社会③的绅士淑女们伴着乐队的节奏翩翩起舞,而游船却渐渐偏离

---

① 科巴卡巴纳(Copacabana),巴西里约热内卢市的富人区,那里的科巴卡巴纳海滩世界闻名。
② 马瑙斯(Manaus),巴西城市,亚马孙河沿岸的重要河港之一。
③ 上流社会,原文为英文"high society"。

了方向,迷失在森林的迷宫里。河流的支汊不计其数,船在其中一条的尽头搁浅了。许多天之后,人们才找到这些遇难者,他们都已经饿死,渴死或热死了。就这样,一部分世界精英作为人类的祭品,献给了新的世纪。Manus deus①——马瑙斯——不祥的谐音。

不仅这些人不见了,就连这段历史也从档案馆里消失了。我自己从来没有找到过线索。难道是因为我的厌烦,或者因为炎热产生了幻觉?不,我确信在哪里看过这则消息,像是一则真实的消息。为什么这个故事不能如"泰坦尼克号"事件一样,被载入所有的记忆呢?

幸运的是,我和这本书已经言归于好,因为去除一个敌对的物体是极其危险的,有一点像处于致

---

① Manus deus,拉丁语,意为"上帝之手",其发音与城市名马瑙斯相近。这也是文字游戏。

命原罪状态中的流产。他没有开始在空间里绕物运行,而是强行融入身体的黑暗中。恰如起初的标题所示:"死亡物的本身运动着的生命"。书的死亡还可以被看作物理世界对符号的报复(也包括其他的报复),报复否认它的符号——这也是属于书籍本身的一种牺牲行为。因此,应该摆脱这种牺牲行为,并且将它传给别人,因为不管是邪恶,还是邪恶的透明,还是任何一个象征性物质,都不允许独自享乐。这是牺牲的原则。

人们应该在整体中牺牲一个部分,这是一条规则的要求。这条规则无论是对受苦还是享受,对快乐还是痛苦,都是通用的。

这就像在你的星座领域中各种事件的连接。不管星座有多么吉祥,总应该接受在符号生成(devenir)中的那部分任意的凶兆。

任何女人都是唯一的,因此她永远不可能是理想的,因为理想的女人是双重的。

两个女人或许总能够合二为一,耦合在永远的双重性中。

两个非常真实的女人,如果她们用别的方式,而不是在想象中结合,就可以造就一个理想的女人。

但是,说到底,两个女人是不够的。现代男人(**哲学家,三个女人,挨个儿淹死**①)注定要面对三个女人的幻觉。有了三个女人(或者更多),就不再有嫉妒,不再有偏爱,就会诞生一个礼仪式的连贯,从一个女人向另一个女人转移品质,而且要让她们不知不觉。再也没有决裂:一个女人的清新出现在另一个女人的眼睛里,一个女人的嫉妒出现在另一个女人的欢愉里,每个女人的透明性都处在其他人的

---

① "哲学家"(*Le Philosophe*,德语为 *Der Philosoph*)、"三个女人"(*Trois femmes*)、"挨个儿淹死"(*Drowning by numbers*)也是三部电影的名字,其导演分别为德国的鲁道夫·托米(Rudolf Thome, 1989)、法国的安德烈·米歇尔(André Michel, 1952)以及英国的彼得·格林纳威(Peter Greenaway, 1988)。

区别里。

男性和女性相互之间隔了好几个光年。没人知道这两者之间是否还有什么关系。就像在滚珠游戏中,滚珠以不同的速度相互碰撞,其中一颗珠子在碰上第一颗滚珠前又碰到了另一个珠子:性别的非极性使其不再分享同一个空间。每一个性别不再恰好是另一个性别的另一个性别。因此,就不再有确切的性别差异。

因此,女人是唯一能以顺势疗法的剂量为男人提炼死亡的雌性动物。但反之则不然。男人从来没有为女人而殉情,正如女人为男人所做的那样。在爱情世界里没有对称可言。

既没有对称,也没有差别。女人和男人的对称并不比生命与死亡的对称更多。而生命与死亡的差别也并不比性别的差别更大。

要有差别,事物首先应当是可比的。然而,性别是不可比的,否则,就不会有相互吸引的强大力量(也没有力量转移各自的性别命运)。他们最多只能爱上他们的差别——这就是性别歧视的形象。对人类关系的最为严重的轻视之一,将随着性的差别的概念而突然出现。

性的差别是无法解决的,因为性本身超越了想象。在蒙特利尔十四个女大学生的燔祭中,正是这种无法解决的差别的幻觉激发了凶手的杀人冲动。这是一切暴力的简要提纲:人如果跌入差别的剧情中,就会产生消灭这个差别——或将这个差别尊为偶像——的愿望。不管怎样,这会使差别变得难以忍受,就像蒙特利尔的凶手对女人难以忍受一样。他可以杀死一个女人或杀掉一百五十个,对一个偏执狂来说,没有数量的门槛。

对于种族歧视,也是同理可推:恍惚的、被偶像化的差别来自不可能的交换,这种差别不再论货谈价。应当消灭这种差别,使其回到无差别①的盲点。消灭相异性,以便回到同一性的安静的盲点。

思想对信息技术的排斥,恰似身体对任何外来器官的排异。正如应当抑制身体的免疫性防卫为身体移植心脏一样,为了启发人的精神通向人工智能,就应该消除它的免疫性防卫。

随着人工智能的泛滥,知识分子注定要销声匿迹,正如有了有声电影后,无声电影的主角便不复存在。我们都是巴斯特·基顿②。

---

① "无差别"在法语中为"indifférence",该词也有"冷漠"、"无动于衷"的意思。
② 巴斯特·基顿(Buster Keaton, 1895—1966),美国默片时代的演员及导演,以"冷面笑匠"著称。主要作品有《福尔摩斯二世》和《将军号》等。

在如此多的面孔中徜徉,而你又想不起名字,这跟盲人没有区别。这些名字和面孔从记忆中抹去,就像眼睛在光天化日里突然变得一片漆黑。

这是一场盲人之间的兰开夏式摔跤①。裁判也是盲人。观众也是盲人。一切都在黑暗中进行(最后一个条件纯属多余)。

交流? 交流? 只有花瓶在交流。

一个关于单调的协议——一段不是音乐的音乐,就像单色是一种无颜色的颜色,就像偏执是一种不是激情的激情。

---

① 兰开夏式摔跤(catch),美国的一种自由式摔跤,各种抓法都可使用。

避免重复出自一种骄傲的感觉。这就是自欺欺人,以为别人都在聚精会神地注视你,其实很少有人会重视你。相反,连续重复十遍同一个故事,会给人一种过分谦虚的感觉:这样做好像其他人都没听你说话,其实这也不总是真实情况。

在镜子以后,便是对镜像阶段(stade du miroir)的穿越。在异化(自黑格尔以来,这是我们现代的圣事)的洗礼之后,第二次洗礼将是让我们过渡到异化彼岸的洗礼,让我们走向纯粹的相异性。

上帝存在着,但是我不相信。根据传统,上帝自己也不相信自己存在。这或许是一个弱点。相信我们有一个灵魂或者一种欲望,这或许也是一个弱点。将这个弱点留给他人吧,就像上帝那样,将信仰留给凡世的人们。

女性癔病患者是难以捉摸的,因为她们在思想和欣赏上的慷慨,对她们而言,是一种不受魅力束缚的方式。或者她们慷慨地展示自己的魅力,那么她们在精神上就自我放弃了。这种平衡就是一种诱惑形式。相反,那些完全献身的女人,即全身心的虔诚信女,就令人难以忍受。人们想要监禁并让其受苦的女人,是那些不计前仇的女人,无足轻重的女人,和睦谐调的女人。

在我们这个被幸福的元语言腐蚀了的世界里,最小的不幸符号也是希望的符号。这样,在地球变暖和冬季消失的符号面前,我们从现在起就守候着拯救性寒冷的突然来临。作为对气候和习俗热带化的反应,对寒冷(南极、冷冻、低温化、后现代饮食和制冷、"冷酷"的严峻)的想象四处蔓延。

被关押的事件,就像被关押的动物,如同被关押的民众:他们在被关押中不能再繁衍。信息过剩导致它们慢慢地灭绝。

罗马尼亚的电视就像革命的春药。

以高音立体声——为千禧年的葬礼奏响 C 媒体调和观看小调①的弥撒。

共产主义已经成功地使整整几代人摆脱了劳动的伦理,成功地扼杀了他们身上最后一点生产的愿望,成功地将他们变成懒汉。这个历史性丑闻将

---

① 音乐中只有 C 大调或 F 小调之类的说法。作者在这里杜撰了 C 媒体调(ut médiatique)和观看小调(look mineur)的说法,似是对现实的一种嘲弄。

要结束。整个欧洲将协同劳动。但仍然存在这个问题:是否需要一种强制的休闲?这正好与自愿的奴性相符。是否需要一种意志缺失和无情感的民族习性以代替我们热衷的成就乌托邦,代替我们可疑的狂热?再说,长此以往谁会占上风呢?是强制的休闲主义,还是热衷的行动主义?

我们有教养的上流社会,现如今被填鸭似的灌满了贝克特①、萧沆②、阿尔托③等人的观念,填满了犬儒主义和虚无主义的各种形式,其目的仅仅是为了更好地规避对当今绝望的任何形式的分析。上流社会一边用最大的道德和政治力量来揭示虚无

---

① 萨缪尔·贝克特(Samuel Beckett,1906—1989),爱尔兰裔法国作家,荒诞派戏剧的代表作家。获1969年诺贝尔文学奖,代表作有《等待戈多》等。
② 萧沆(Emile Michel Cioran,1911—1995),另译"齐奥朗",罗马尼亚裔法国作家。他一直用地道的法语写作,文笔清晰,简洁优雅,字里间流露出一丝黑色幽默。作品有《解体概要》(*Précis de décomposition*)等。
③ 阿尔托(Antonin Artaud,1896—1948),法国戏剧理论家、演员、诗人,法国反戏剧理论的创始人。1937年起患精神分裂症直至病故。

主义的见证,揭示我们价值观的虚无性;一边又"在文化上"品味着各种英雄的但是过时的形式,即虚无主义的形式和非人道的形式。我们一屁股坐在圣水池里,嘴里却高唱着该诅咒的圣歌。

没有比看到这一切更神奇了,即整整一代悔悟的政治家和知识分子在王子星轨道里绕行,然后能够活着进入傻瓜的咒语里。

麻醉:对我们的痛苦和我们自身的快乐毫无知觉。

厌食:对我们欣快症(幸福①)的心理宣泄,这是朝向赎罪心理的牺牲性禁食的趋势。

抑郁:对不良意识的吞服,对我们已死身体的消化。

---

① 原文为英语"welfare"。

伦理—审美—着迷—滞后——20 世纪的运动轨迹。

二十岁时为啪嗒学家,三十岁时为情境主义者,四十岁时为空想家,五十岁时为横跨一切家,六十岁时为病毒家和转喻家——这就是我的整个历史。

这就是格劳乔①的悖论:我绝对不愿意加入一个接纳我为成员的俱乐部。

巴拉尔.当想象与现实混淆的时候,虚构的任务就是颠倒现实。

---

① 格劳乔·马克斯(Groucho Marx, 1890—1977),原名 Julius Henry Marx,美国著名喜剧团体"马克斯兄弟"的成员之一。

阿多诺①：陶醉宁可被取消也不愿看见它的概念得以实现。

永远也不要忘记什么是最初的计划，最精妙的精妙计划：一个一个地删去语言的词汇，一个一个地消除思想的概念。

液晶，抑或概念的海洋学。

早泄，早产，早熟，产钳，血友病，脱钙，后遗症。从未做过如此的旅行，从未在这样的条件下写过一本书。

不久的将来，会有同样多的神经元出现在地球

---

① 西奥多·阿多诺（Theodor Wiesengrund Adorno，1903—1969），德国哲学家、社会学家、音乐理论家，法兰克福学派第一代的主要代表人物，社会批判理论的理论奠基者之一。

上,出现在我们"智能"机器的总和中,出现在自然大脑(每个人有1200亿个神经元)总和中。难道我们就不会冒着相互抵消的风险吗?正如物质与反物质那样相互抵消。一旦假象的总和超过了人类种群的象征性资本,不就有抽干脑物质的风险吗?当人造的同类(具有更优的性能)诞生的时候,人类是否会突然地停止存在呢?

地球上有足够的空间来容纳这么多人造物种和自然物种、假物质和物质、人工智能和自然智能吗?

在阿瑟·克拉克的故事(《上帝的九十亿个名字)》中,当所有的名字都被变格后,所有的星星也陨落了。在地球上,没有同时为上帝(自然星)和上帝的名字准备足够的空间。二者只能取其一。没有同时给世界和它的复体预留足够的空间。

这是否就是某种幻觉的终结?

这是否就是这种幻觉的终结?

整个这种人工智能,这种遥感感知,实时屏幕感知等,都是幻想的最终结束。野性思维的幻觉,思维的野性幻觉,舞台的野性幻觉,激情的野性幻觉,智能的野性幻觉——我们的奇迹,我们的神奇——世界的幻觉,世界的视觉。**他者**、**善**、**恶**(特别是对**恶**)、**真实**和对**虚假**的野性幻觉,不惜任何代价存在的幻觉,死亡的野性幻觉——这一切都在心理感知的远距离现实中,在各种复杂的技术中挥发一空。这些复杂的技术引诱我们进入圈套,也就是说,引诱我们走向幻觉的反面,走向彻底的幻灭。

SOS种族主义——SOS巨鲸。意思模糊不清:在一种情况下,是为了揭露种族主义;在另一种情况下,是为了拯救鲸鱼。而如果在第一种情况下,这是对拯救种族主义的阈下呼吁,那么这正是反种族主义斗争的关键所在,就像政治激情的最后遗迹? 这正是被虚拟地判决的物种? 应该当心语言的背叛。官腔套话所讲的常常与所想的相反。它通过一种不情愿的幽默,秘密地道其所想。字母缩写 SOS 完全属于这种情况。

如果说恐怖的平衡能够最佳地帮助我们防御全面的战争,也许柏林墙的倒塌相当于一种恐怖的不平衡,将为战争打开一个新的自由空间?也许阵营的融化将会解冻战争的阴影?也许在重新打开所有市场的同时,也重新打开了战争的市场?而长期以来,这种战争仅局限于黑市上的几个小小冲突。

地理政治的铁幕除去之后,取而代之的是精神上的玻璃帷幕。柏林墙倒塌后,取而代之的是无形的高墙,这是界面与透明的无情高墙。这堵墙与以前的墙相反,它让一切通过,传送一切光线,无情地照亮着任何起伏的角落,甚至在夜间可用红外线照明。这些人是完全透明的,我们偷走了他们的形象,他们的秘密,他们的昏暗,他们在那儿,在灯火通明之中,比裸体还要一丝不挂。各个民族是透明的,他们被偷走了影子;人质是透明的,他被偷走了死亡;世界是透明的,它被偷走了一切外表;真实是透明的,它被偷走任何幻觉。

有了所有这些语言、人种、丢失的国籍的突然再现,你就会看到,苏联的每一个加盟共和国都会感到,它们不得不分裂国家,否则就会错过历史的约会,失去特别的约会。俄罗斯自己也从苏联中分裂出来。在这次哄抬价格的拍卖中,一切皆有可能。在20世纪末的这次大甩卖中,所有的差别都在打折销售。

也许有一天,美国南部的各州也会再次分裂,而且这次也许会有成功的机会?人们认为已经过去的一切事情都有可能重演,甚至还可以从相反的方向完成其革命。真是太神奇了。就连结核病,人们以为已经永远地消失了,它却又卷土重来。

债务和毒品:恐怖的新平衡。各有各的绝对武器。债务是富国的战略武器,将穷国囚禁在他们的贫困之中。毒品是一种战略武器,是病毒和细菌的战略武器,可以将富国囚禁在其强大的幻觉之中。

与两大阵营之间的对抗和军备竞赛不同,这里不再涉及聋子的对话,却依然是对话,游戏规则是让战争永远也不发生。这次是一种生死的对抗。看谁能够先吸尽别人的血和力量而占上风。这场战争果真爆发了,以前的恐怖,核大战的恐怖,曾经是干净而冰冷的,而现在却是高温而肮脏的战争。Soft and dirty.①清查负债,清除毒品?你别妄想。接济西方信贷银行的就是洗过的毒品钱。正是穷国的血液在为西方输血(也可能向他们传染艾滋病)。温柔战争的恶性循环,金融和吗啡的病毒形式。

如果核大战已经在地平线上消失,那是因为新

---

① 英语,意为:"柔软而且肮脏。"

的战争形式取代了它的位置。

刚醒来时短暂的一刻,身体还没有找到自己的重量。还没有找到真实的感觉。多亏了这种夜间的轻盈,在黑暗中去小解的时候,身体才不会压得木地板嘎吱作响。天气很热,也很干燥:无论是发烧的热波,或是意识的光线,都还没有穿透身体的黑暗。

陶醉胜于快乐,胜于一种灵魂的运动。它还导致一种生理的栓塞,一种躯体的僵硬,还有一种意愿的惊奇。

陶醉的符号,这就是伤疤。是让自己突然流血的神秘主义者的伤疤。是纪念给你的恩泽的月经。要让身体的七窍喷射鲜血,只有神圣或者爱情的陶醉。因此,当这种情况在某天清晨突然出现在门槛前时,我就开始像一头牛那样流血不止。

卡萨诺瓦①讲述了自己在四岁时鼻子怎样开始流血的故事。他说从那一刻起,他才开始感到自己活着,感觉到自己是一个男人。

两个珍贵的时刻,两种珍贵的幻觉:在对一个女人和拥有她的预感中——愉悦的幻觉——当你还处在她的魅力下时,在失去她的全新感受中,在失去她的幻觉中。

在二者之间,我们似乎感觉不到任何事情在发生。

他生命中的女人——这种表述没有意义。实际上,应该是女人或是生命。没有足够的空间同时

---

① 卡萨诺瓦(Giovanni Giacomo Casanova,1725—1798),意大利探险家和回忆录作家,有自传《我的生活往事》。卡萨诺瓦的风流一生被世人津津乐道,他的名字成为英文中花花公子的代名词,并且在20世纪先后10多次被搬上大小银幕,其中包括费里尼等影坛大师的作品,法国著名演员阿兰·德龙也曾扮演过卡萨诺瓦。

容纳二者。竞争过于激烈了。

Anathematic Illimited

Transfatal Express

Viral Incoporated

International Epidemics

Allergic Apotheotic Agency[①]

[①] 英语,意为"诅咒的无限的/跨命运快报/病毒的联合的/国际流行病/过敏的崇高通讯社"。这也是波德里亚虚构的一个通讯社即"秘密通讯社"(Stealthy Agency)的另一种称呼,该通讯社旨在搜集虚假事件信息以便向公众提供假情报。详见:《 L'ascension du vide vers la périphérie》,*L'Illusion de la fin ou la grève des événements*,Paris: Galilée,1992,p. 29.